ERRI DE LUCA

Das Gewicht des Schmetterlings

ERRI DE LUCA

Das Gewicht des Schmetterlings

Aus dem Italienischen übersetzt und
mit einem Nachwort von Helmut Moysich

Laudatio zum Petrarca-Preis
von Peter Kammerer

GRAF

Die Originalausgabe erschien 2009 unter dem Titel »Il peso della farfalla« bei Giangiacomo Feltrinelli Editore in Mailand.

Im Graf Verlag erschien von Erri De Luca außerdem:
»Der Tag vor dem Glück« (2010).

Der Graf Verlag München ist ein Unternehmen
der Ullstein Buchverlage

ISBN 978-3-86220-007-8

Satz: Uwe Steffen, München
Gesetzt aus der Galliard und Futura
Druck und Bindung: CPI – Ebner & Spiegel, Ulm
Printed in Germany
www.graf-verlag.de

Inhalt

Das Gewicht des Schmetterlings

Seine Mutter war vom Jäger erlegt worden. In seinen kitzjungen Nüstern hatte sich der Geruch von Mensch und Schießpulver unauslöschlich festgesetzt.

Früh verwaist wie seine Schwester, ohne die Nähe eines Rudels, lernte er, sich allein durchzuschlagen. Er wuchs zu einer Größe heran, die die seiner männlichen Artgenossen weit übertraf. Seine Schwester war an einem wolkenverhangenen Wintertag von einem Adler gerissen worden. Sie bemerkte ihn, wie er fast bewegungslos über ihnen in der Luft stand, während sie abgeschieden auf einem Sonnenhang weideten, wo sich noch letztes vergilbtes Gras fand. Die Schwester hatte den Adler gespürt, selbst bei zugezogenem Himmel, ohne dass sein Schatten auf dem Boden zu sehen war.

Für eines von ihnen gab es kein Entrinnen. Seine Schwester stürzte los, geradewegs dem Adler entgegen, eine leichte Beute.

Ganz auf sich allein gestellt, wuchs er völlig frei und einsam auf. Als er reif dafür war, suchte er das nächste Rudel auf, forderte den führenden Platzbock zum Kampf und gewann. Er wurde König an einem Tag und mit einem Duell.

Beim Kampf gehen die Gamsböcke nicht aufs Ganze. Der Sieger wird schon bei den ersten Zusammenstößen ausgemacht. Dabei rammen sie nicht die Hörner aneinander wie die Steinböcke und Ziegen. Mit zum Boden gesenktem Kopf versuchen sie ihre leicht zurückgebogenen Hörner in den Bauch des anderen zu stoßen. Wenn der Gegner nicht augenblicklich aufgibt, durchbohren sie die Bauchdecke und schlitzen sie beim Zurückziehen des Kopfes mit den Hörnern auf. Es ist selten, dass es zu diesem Ende kommt.

Doch bei ihm war das anders. Ohne Regeln aufgewachsen, war er es jetzt, der sie bestimmte. Es war ein strahlender Novembertag, als die Rivalen zum Duell aufeinandertrafen, auf der Erde lagen vereinzelte Flecken frischen Schnees. Die Weibchen werden vor Einbruch des Winters brünstig und bringen ihre Jungen mitten im Frühling zur Welt. Die Gamsböcke kämpfen im November.

Von einem Felsvorsprung herunter war er plötzlich bei der weidenden Herde aufgetaucht.

Die Weibchen ergriffen sofort mit ihren Jährlingen die Flucht, nur der Platzbock blieb stehen und stampfte mit den Vorderhufen wild auf das Gras.

Hoch in der Luft bildeten sich krächzende Schwärme von schwarzen Krähenflügeln. Vom Aufwind getragen, beobachteten sie, wie unten das Duell eröffnet wurde. Der einsame junge Bock preschte vor und scharrte unter heftigem Schnauben mit den Hufen. Es war ein kurzer und grausamer Kampf. Die Hörner des Herausforderers schlugen eine Bresche in die Verteidigung des Gegners, und mit dem linken Horn hakte er sich im Bauch des Gegners fest. Es gab ein lautes, reißendes Geräusch, als er ihm den Bauch aufschlitzte. Oben in der Höhe brach wildes Flügelklatschen los. Die Vögel riefen den Besiegten aus, der für sie bestimmt war. Mit offenem Bauch, aus dem die Eingeweide herausquollen, ergriff der Bock die Flucht. Schon stießen die Flügel zur Erde herab, um das Gedärm zu verschlingen. Die Flucht des Verlierers endete jäh, ein plötzliches Erstarren, dann brach er zusammen.

Weiße Schmetterlinge ließen sich auf dem blutbefleckten Horn des Siegers nieder. Einer von ihnen würde dort über Generationen von

Schmetterlingen für immer bleiben und von April bis November wie ein Blütenblatt im Wind über dem Kopf des Gamskönigs flattern.

An diesem Novembermorgen wachte er müde auf. Allseits unangefochten beherrschte er seit vielen Jahren schon sein Revier. Seine Jungen wuchsen bei den Muttertieren auf und wussten nichts von der Unerbittlichkeit ihres Erzeugers. Unter seiner Herrschaft gab es keine Duelle. Die ausgewachsenen Männchen verließen das Revier und suchten sich bei einem anderen Rudel zu behaupten.

Es war eine Zeit des Friedens im Reich der Gämsen. Sie starben nur durch die Jagd des Menschen oder des Adlers. Das war der Preis, den die Gämsen an die Räuber aus dem Tal und aus der Luft für das Bewohnen dieses Reichs zahlten. Der Mensch lud sich den Fang auf die Schulter und trug ihn hinunter ins Tal, der Adler verzehrte ihn an Ort und Stelle, dann nahm er bergab Anlauf, um sich von Neuem in die Luft zu erheben.

Am Boden ist ein Adler plump und unbeholfen. Vom Fressen der Beute schwer geworden, gleicht er eher einem Truthahn. Mit seinen kurzen Füßen rennt er los und muss sich vor dem Abheben mehrmals vom Boden abstoßen. Am Boden ist ein satter Adler verwundbar.

Einmal, auf einer Hochebene, hatte der Gämsenkönig einen Adler getötet. Er hatte abgewartet, bis dieser voll- und schwergefressen war, dann griff er an. Der Adler gewann nur mühsam an Höhe, er flatterte knapp über der Erde. Wie gelähmt hatte die Herde aus der Ferne verfolgt, wie ihr König sich mit gesenktem Kopf auf den Adler stürzte, der immer wieder entkam, dann erneut nach unten taumelte. Mit einem Stoß des linken Horns hatte der König ihn beim Niedersinken noch in der Luft durchbohrt. Er sprang auf den verletzten Adler, trampelte ihn mit den Hufen nieder und ließ ihn schließlich zum Sterben liegen. Nie zuvor hatte man das im Reich der Gämsen gesehen.

An diesem Novembermorgen wachte er müde auf, er wusste, dass seine Vorherrschaft zu Ende ging. Bald würde er den Hörnern eines seiner Söhne unterliegen. Einen von ihnen, der kampflustig vor ihm aufstampfte, hatte er schon am Bauch verletzen müssen, ohne dabei zu weit zu gehen. Aber nicht mehr lange, und ein anderer würde kommen, ihn besiegen und seine Eingeweide über die Wiese ausbreiten, er wäre dann nichts mehr als ein ausgeweidetes Gerippe. So wollte er nicht enden, besser in diesem Winter noch verschwinden, unauffindbar.

Er schlief abseits des Rudels, selbst zur Brunftzeit im Herbst. Für die Nacht hatte er verschiedene Unterschlupfe, unter ausgehöhlten Latschenkiefern, in Höhlen über brüchigen Felsen, wo weder der Mensch noch sein Geruch hinaufdringen konnten. Er stieg zu unterschiedlichen Zeiten zum Rudel herab, mal im Schutz des Nebels, mal noch vor Tagesanbruch oder nach Sonnenuntergang. Niemand konnte sein Kommen vorherbestimmen. Wenn er sich zeigte, liefen die Weibchen ihm entgegen, und die Jungböcke gingen vor ihm in die Knie.

An diesem Novembertag spürte der König, dass sein Untergang nahte. Sein Herz schlug weniger als zweihundert Mal in der Minute, es schien, diese Schubkraft, die für die Sprünge bergauf Sauerstoff liefert und sie leichter macht, hatte nachgelassen.

Die Hufschalen der Gämse sind wie die Finger eines Geigenspielers. Sie bewegen sich blind, ohne auch nur einen Millimeter vom Weg abzukommen. Wahre Zirkusartisten, flitzen die Gämsen in der Bergarena über Felsvorsprünge, sie sind Zauberkünstler beim Aufstieg, Akrobaten beim

Abstieg. Die Gämsenhufe ergreifen regelrecht die Luft. Bei Bedarf dienen ihre Hornhautkissen als Schalldämpfer, sonst sind die beiden Hufschalen wie Flamencokastagnetten. Die Hufe der Gämse sind die vier Asse eines Falschspielers. Durch sie ist die Schwerkraft kein Gesetz mehr, sondern eine Variante des Themas.

Als er sie im Morgengrauen bei dichtem Nebel auf dem kaum sichtbaren Boden aufsetzte, spürte er, dass sie ihm keine Sicherheit mehr gaben. So wartete er, dass sein Herz bis in die Hufe hineinschlug und der Tag im Rhythmus der Schläge anbrach. Noch wollte er nicht aufgeben und sein linkes Horn vor einem jüngeren Bock beugen, nur weil der noch frischer an Kraft war.

Er schnupperte in den Horizont, um zu wissen, wohin er nie mehr zurückkehren und wo er unauffindbar sein würde. Der klare Sonnentag hatte den Nebel schnell vertrieben, und Licht strömte von Osten über das Rudel der Gämsen, die ihre Köpfe hoben und sich daran labten. Sie befanden sich viele Meter unter ihm. Von seinem schattigen Zufluchtsort beobachtete er sie. Sie waren so zahlreich, dass sie auch Verluste verkraften konnten, das war ihre Stärke. Sie waren nicht mutig, aber ihre große Zahl verlieh auch den Schwächsten noch Stärke.

Es waren seine Kinder, er hatte sie mit der Kraft seiner Flanken in die Welt gestoßen. Er war nicht stolz darauf, er hatte nur den Willen des Lebens vollzogen. Sie konnten sich bei helllichtem Tag ins Freie hinauswagen.

Es sind tapfere Weibchen, die im Mai zum Gebären auf die höchsten Weideplätze hinaufsteigen. In aller Einsamkeit kommen sie nieder und schließen sich dann mit anderen Müttern zu Gruppen zusammen. Himmel und Schluchten bilden die Umzäunung der Kindergärten, wo die Mütter ihre Jungen aufziehen. Mit ihren Hörnern bilden sie einen Schutzschild gegen die Beuteflüge des Adlers, auf die Hilfe eines Männchens können sie dabei nicht zählen.

Tapfer sind die Geißen, jede mit einem Kitz, das wie ein Schatten folgt und an ihren Zitzen hängt. Über sie alle wacht, aus einiger Entfernung, der König, froh darüber, dass mehr Weibchen als Männchen geboren wurden.

Der Geruch des Menschen und seines Gewehröls drang zu ihm herauf. Der Mörder seiner Mutter. Er war es, der ganz allein aufstieg, um Gämsen zu erlegen, und seit Jahren schon war er ihm, dem König, auf den Fersen.

Mit einem Tritt schleuderte der Gämsenkönig einen Stein weit über ein steiles Geröllfeld. Der Aufprall löste eine kleine Steinlawine aus. Weiter unten am Hang schaute der Mann hoch, auf der Suche nach der Stelle des Steinschlags, denn dort musste auch das Tier sein, das ihn verursacht hatte. Aber er blickte in die falsche Richtung. So trieb der Gämsenkönig schon seit Jahren unerkannt sein Spiel mit ihm.

Der Mann hatte schon mehr als dreihundert von ihnen erlegt. Er zielte dabei auf eine Stelle oberhalb des Schenkels, wodurch das Tier getötet, aber das Fell nicht beschädigt wurde. Dann nahm er es auf der Stelle aus, ließ die Eingeweide liegen und lud sich die nun leichtere Beute auf die Schulter. Ein ausgewachsener Gamsbock wiegt zwischen vierzig und maximal sechzig Kilo. Der König sprengte die Norm, er wog sicher um einiges mehr.

Das Fell verkaufte der Mann den Gerbern, das Fleisch verhökerte er schwarz an Restaurants. Oft stieg er im November auf den Berg, wenn die Böcke gegeneinander kämpfen und auf ihrem Rücken der bis zu dreißig Zentimeter hohe Bart der Geschlechtsreife wächst.

Im Winter jagte er für die Speisekarte der Skiläufer, im Sommer, um den Appetit der Ausflügler und Wanderer zu stillen. Aber im November ging es um die Trophäe des Rückenbarts, der für sich allein schon so viel wert war wie der restliche Gamsbock. Seit Jahren schon war er dem König auf den Fersen, nie zuvor war er einem vergleichbaren Exemplar begegnet.

Ein Mördertier, der Mensch, der die Jungen des Gämsenkönigs aus der Entfernung niederstreckte; ein Tier, von dem es unten im Tal nur so wimmelte und das an wolkenlosen Tagen krachende Donner von sich gab. Es war ein einzelgängerisches Tier, das da zu ihnen heraufstieg, um aus dem Hinterhalt Beute zu machen. Trotzdem war er den Gämsen noch lieber als der Adler, der plötzlich wie aus dem Nichts auftaucht, an wolkigen und an nebligen Tagen, und die Kleinen in die Tiefe stößt, um sie dann, zerschmettert, unten zu verschlingen. Da ist der Mensch noch besser, der sich schon von Weitem bemerkbar macht und der die Adler vertreibt. Seine Gegenwart gewahren die Gämsen immer.

Der Mann war in die Jahre gekommen, einen Großteil seines Lebens hatte er als Wilderer in den Bergen verbracht. Er hatte sich aus der Stadt zurückgezogen, wo er in seiner Jugend unter den Revolutionären lebte, bis die sich aufgelöst hatten.

Die Jugend schaffte sich im letzten Jahrhundert für einige Zeit ihre eigenen Gesetze. Sie hörte auf, von den Erwachsenen zu lernen, geduldig zu sein. In den Bergen bestieg sie neue Gipfel, in der Ebene gab sie Kampflosungen aus. Sie wollte die Speerspitze widerständiger Zeiten sein, erklärte jedes Geld zu Falschgeld. Sie hatte kein Recht auf Liebe, nur wenige bekamen Kinder während der revolutionären Jahre. Danach hatte es keine Jugend mehr gegeben, die mit ähnlicher Erbitterung den Teller umgestürzt hätte. Ein umgestülpter Teller enthält wenig, ruht aber auf einer breiteren Basis, liegt fester auf.

Er hatte sich in die Berge seiner Kindheit zurückgezogen, wo er in verlassenen Schäferhütten und Biwaks von Bergsteigern hauste und wieder mit der Wilderei anfing. Jemand hatte ihm dann oberhalb eines Hochwalds eine steinerne Schutzhütte überlassen, die er sich für seine Bedürfnisse zurechtmachte. Sie bestand aus einem einzigen Zimmer mit einer Feuer- und einer Wasserstelle. Die einzige Neuerung: ein Doppelfenster, zwischen dessen Scheiben er Moos auslegte, das den Wind abhält. Er lud sich die erlegten Gämsen auf die Schulter, zog sie über furchteinflößende Felsvorsprünge und hinab über unsichtbare Pfade, wo ihre leichten Hufe kaum mehr als die Spur eines Bleistiftstrichs hinterlassen hatten. Mit dem nahen Dorf verband ihn wenig, aber er kannte alle, und das beschützte ihn. Jedes Dorf hat seinen Heiligen und seinen Banditen. Es lag kein Haftbefehl gegen ihn vor, er war Wilderer, aber kein Jagdaufseher hatte ihn bisher auf frischer Tat ertappen können.

Er pirschte durchs Gebirge mit einer 300er-Magnum und einer Elf-Gramm-Kugel. Nie ließ er ein Tier verletzt liegen, sondern tötete es bereits mit dem ersten Schuss. Er pirschte sich immer windseitig an das Wild heran, harrte stundenlang in Eiseskälte aus und stieg den Berg so behände hinunter wie hinauf.

An diesem Novembertag erhob er sich mit schweren Beinen, schon beim Aufstehen verspürte er eine Müdigkeit, wie er sie sonst nur vom Abend kannte. Es war die Sonne, die ihn dazu antrieb, nach dem Rucksack zu greifen. Die Waffe lag seit dem Vorabend neben dem Bett bereit. Wer allein lebt, muss immer gerüstet sein. Mit einem Becher dampfenden Kaffees trat er vor sein Haus.

Am Vorabend hatte es unten im Dorf Wein zu trinken gegeben, und eine Menge Leute war gekommen, um auf ihn anzustoßen. Man feierte den Jahrestag einer seiner Bergbezwingungen, die zwanzig Jahre zuvor Bewunderung ausgelöst und lange von sich reden gemacht hatte.

Für ihn war die Bergsteigerei eine Technik, die dem Jagen diente, um an Plätze zu gelangen, die anderen unzugänglich blieben. In der ersten Zeit hatte es noch andere Wilderer gegeben; inzwischen waren sie verschwunden, aus Altersgründen, oder sie hatten einfach aufgegeben.

Vor zwanzig Jahren hatte er einen bislang unbezwungenen Steilhang erklommen, um von oben ein Gämsenrudel zu überraschen; die leichter zugängliche Seite wäre zu einsichtig gewesen. Er war ganz allein, das Gewehr über der Schulter, die unberührte Wand hinaufgeklettert und auf der anderen Seite mit der geschulterten Gämse wieder hinabgestiegen.

Nachdem er im Dorf das Fleisch verkauft hatte, waren ihm dort von auswärts kommende Bergsteiger begegnet, die sich auf eine Erstbesteigung ebenjener Wand vorbereiteten. Er sagte ihnen, er würde, gleich am nächsten Tag, noch vor ihnen die Wand hochklettern, allein und vollkommen ungesichert. Sie wetteten eine ordentliche Summe, dass er es nicht schaffen würde. Am folgenden Tag kletterte er dann unter ihren Augen von Neuem hinauf, ohne das Gewicht von Gewehr und Rucksack. Für die anderen war es ein beispielloses Unternehmen, für ihn ein bloßes Mittel, um der Witterung der Gämsen auszuweichen. Die Großartigkeit einer Tat liegt darin, dabei etwas ganz anderes im Sinn gehabt zu haben.

Nachdem er die Wette gewonnen hatte, weigerte er sich, den Einsatz einzukassieren, und verriet ihnen, dass er früher schon die Wand erstiegen hatte. Er wollte sich das Leben mit Gämsen verdienen, nicht mit Bergsteigern.

An diesem Abend hatte er für alle Anwesenden auf seiner Mundharmonika gespielt. Das war seine Art des Geselligseins, ohne auf Fragen antworten zu müssen.

Es war ein strahlender Novembertag, ein guter Tag für den, der jung ist und vor Energie sprüht. Aus jenen Tagen erinnerte er sich an den Geruch des ersten Schnees und den eingefetteten Leders. Jetzt sog er seine Energie aus der Luft, absorbierte sie vom Feuer, schützte sie gegen den Wind. Er war ein trockenes Stück Brot, das man erst mit abgehangenem Hering einreiben muss, bevor es wieder nach etwas schmeckt.

An diesem Tag störte ihn der Geruch des Gewehröls. Er wollte ihn nicht überdecken, indem er die Waffe in die mit Gämsenexkrementen imprägnierte Schutzhülle steckte, um die hellseherische Witterung der Tiere zu täuschen. Auf eine Entfernung von mehreren Hundert Metern heben sie sonst ihre Schnauzen und ziehen mit jeweils einem Nasenloch die Luft in sich hinein, als wollten sie mit dieser Grimasse den Jäger verspotten: Er sitzt in der Falle.

Die Novembersonne verbreitete ringsum Menschengeruch, ein Geruch von ranzigem Fett, den kein Kot kaschieren konnte. Die Novemberluft verrät den Menschen überall auf dem Berg.

Er ging hinaus. Sein Gang hatte etwas Verhärtetes, der Schmerz im Knie kündigte den Wechsel der Jahreszeit an. Es lag Schnee in der Luft, und er würde liegen bleiben. Der Kaffeeduft vermischte sich mit dem der letzten Waldpilze. Er ging sie nicht mehr suchen, ließ sie stehen. Um den halben Berg herum musste er bis auf zweitausendreihundert Meter hochsteigen. Er war müde. Einen Monat zuvor hatte er die dreihundertsechste Gämse erlegt. Es war ein kräftiger Bock, mit einer Rissverletzung im Wanst. Der Riss ging nicht sehr tief, er hatte noch nicht die Eingeweide verletzt. Der Gämsenkönig war offenbar immer noch der Herrscher, sonst hätte er einen derart starken Bock nicht besiegen können. Zweimal hatte er ihn mit dem Fernrohr gesehen: zwei Hörner, wie sie noch nie so prächtig auf einem Gamskopf gewachsen waren, und ein Rückenbart, so hoch aufgestellt wie ein Hahnenkamm. Jene Bauchverletzung war der Beweis, dass der König noch lebte. Das war vermutlich sein letztes Jahr, und es blieb nicht mehr viel Zeit, wollte er ihn noch besiegen. Bald würde er verschwunden sein, versteckt in irgendeinem Loch, um zu sterben.

König der Gämsen: So wurde der Jäger im Tal spaßeshalber genannt. Er ließ es sich gefallen, aber er selbst hätte die Bezeichnung »Wilddieb« richtiger gefunden. Er raubte, was der Schöpfer sich nehmen ließ, aber er führte auch genau Buch darüber. Jeder Tag konnte der letzte sein, an dem die gesamte Rechnung auf einmal zu begleichen war, selbst dieser laue und schnell vorüberziehende Tag im November. Er hatte zeitlebens auf Kosten des Herrn gelebt, hatte dort von der Speise genommen, wo sie angerichtet war, ob über den Schluchten, in hüfthohem Schnee, zwischen den Felsen oder in den von Erdrutschen ausgeschwemmten Felsrinnen.

Er hatte Hirsche, Rehe und Steinböcke gejagt, aber am häufigsten Gämsen, die Tiere, die am geschicktesten Abgründe überwanden. Er gab zu, dass bei seiner Jagdvorliebe auch Neid auf ihr Können mitspielte. Zwar konnte er ebenfalls auf allen vieren Felswände hochklettern, aber ohne die Spur ihrer Behändigkeit und ihrer traumverlorenen Sicherheit, mit der die Gämse sich erhobenen Kopfes dem Spiel ihrer Hufe überlässt. Der Mensch konnte noch so steile Wände hinaufklettern und Stellen auf direktem Wege erreichen, zu denen die Gämsen nur über Umwege gelangten. Aber nie würde er so wie sie eins mit der Höhe sein. Sie waren dort in ihrem Element. Er dagegen nur ein Gelegenheitsdieb.

Er hatte gesehen, wie die Gämsen in vollem Lauf über Abgründe hinwegsetzten und wie eine nach der anderen beim Ansetzen vor dem Sprung die gleiche Schrittfolge vollzog. Ihr Springen war wie das Zusammenheften zweier Saumränder, eine Nahtstelle über dem Nichts. Er beneidete das Tier um seine Überlegenheit und erkannte zugleich seine Niedrigkeit als Jäger an, weil er nur aus dem

Hinterhalt mit Erfolg agieren konnte. Erst das Bewusstsein der Unterlegenheit gab ihm den Anstoß, es den Gämsen gleichtun zu wollen.

Anders der Fischer, der den Fisch um keine seiner Fertigkeiten beneidet und ihn einfach nur erbeuten will. Er ist ein Räuber, der auf große Fangmengen aus ist, nicht auf einzelne Exemplare, ausgenommen vielleicht Ahab in *Moby Dick*. Auch lädt er sich kein Tier auf die Schultern. Der Fischer ist ganz das Gegenteil des Jägers.

Als junger Bursche hatte er einen alten Raubfischer als dessen Träger begleitet. Sie waren reißende Wildbäche inmitten von Felsen aufgestiegen, waren über rutschige Böschungen und in tiefen Schluchten voll ohrenbetäubenden Wassers hinaufgeklettert. Weiter oben im Quellgebiet gab es Aushöhlungen, in die der Alte Dynamitstangen mit kurzen Zündschnüren warf. Es war eine Dynamitsorte, »Cheddite«, die gewöhnlich in Marmorbrüchen verwendet wird. Die Glyzerintropfen schwitzenden Dynamitstangen durften nicht zu sehr durchgerüttelt werden, wehe, man stürzte mit dem Zeug. Aber als Jugendlicher denkt man nicht ans Fallen, das tun erst Erwachsene. Der Bursche trug den Sprengstoff, der Alte die Zünder. Die Kunst bestand darin, die Explosion dicht über dem Wasser auszulösen, aber nicht zu hoch, damit sich die Druckwelle nicht über dem Wasser ausbreitete. Die Explosion schlug ein Loch ins Wasser, das, wenn es sich wieder schloss, alle Forellen im Umkreis an die Oberfläche hochschwemmte.

Beim ersten Mal musste er sich noch vom Fischer den Vorwurf anhören: »Du Dummkopf, du brauchst eine Reuse für die Fische, wo das Wasser abfließen kann, keinen Rucksack.«

Aber das war kein Beruf für ihn, die Flüsse mit Dynamit leerzusprengen. Für viele Jahre würde es dort keine Fische mehr geben.

König der Gämsen: Der Jäger wusste genau, wem dieser Name wirklich gebührte. Denn der wahre König war immer schon besser, stärker und präziser gewesen als er. Er dagegen war höchstens für die Menschen ein Gämsenkönig.

An diesem Tag stützte er sich zur Erleichterung auf einen Buchenstock. Laue Luft stieg auf, sie ließ in der Höhe unbewegte Flügel gleiten und trug den Menschengeruch direkt in die Nüstern der Gämsen. Er musste höher als sie den Berg hinaufsteigen, sich ihnen von oben her nähern.

Die Tiere hatten ihn schon gewittert, erkannten, dass er da war, aber sie wussten auch, dass sie auf einem Weideplatz waren, dem man sich unbemerkt nur schwer nähern konnte. Verstärkte sich der Geruch, dann würden sie auseinanderstieben und den Berg hinauf flüchten.

Um den Winter zu überstehen, setzten sie an den Flanken Fett an. Ihr Fell wurde schwarz glänzend und dicht. Im November hatten sie ihre beste Zeit.

Das Rudel wusste, dass der König an einem Tag wie diesem nicht vor der Dämmerung zu ihnen kommen würde. Die jungen Böcke machten Anstalten, ihre Kräfte zu messen, ohne dass es dabei zu einem ernsten Zweikampf kam. Einem von ihnen gelang es, im Verborgenen ein Weibchen in der ersten Hitze zu besteigen. Die Brunst der Geiß erregte ihre Nüstern. Aus ihren Geschlechtsdrüsen im Nacken hinter den Hörnern strömte Mandelgeruch.

Der Mann befand sich zweihundert Meter Luftlinie unterhalb des Rudels. Er konnte es nicht sehen. Unzählige Felsblöcke lagen dazwischen. Er verfügte nicht über das geeignete Sinnesorgan, das ihm die Gegenwart des Rudels angezeigt hätte. Die Gattung Mensch ist mit mangelhaften Sinnesorganen ausgestattet. Nur durch das

Vermögen der Intelligenz kann sie diesen Mangel ausgleichen. Das menschliche Gehirn ist ein Wiederkäuer. Es kaut Sinnesinformationen immer wieder durch und leitet Wahrscheinlichkeiten daraus ab. Das befähigt den Menschen, die Zeit vorauszuplanen. Doch zugleich ist es seine Verdammnis, denn es gibt ihm die Gewissheit, sterben zu müssen. An diesem Novembertag spürte der Mann, dass sein Ende nahte. Vielleicht würde er das Rudel heute zum letzten oder vorletzten Mal verfolgen. Der Mensch erträgt es nicht, dass er sterben muss. Sobald er sein Ende nahen spürt, lenkt er sich davon ab, in der Hoffnung, er habe sich in der Vorahnung getäuscht.

Es wäre in Ordnung für ihn, wenn er auf diesen Felsen sein Ende fände wie ein Gämsenkönig, und sei es ein unterlegener, verminderter. Und er musste lachen bei diesem Gedanken, denn das »re minore«, das d-Moll, konnte er auch auf seiner Mundharmonika spielen.

Mit seinen Hörnern und Füßen hatte der Gämsenkönig sich einen Unterschlupf unter einer Kiefer gegraben. Dem Rudel war diese Kunstfertigkeit unbekannt, er hatte sie gelernt, um sich verstecken zu können. Seine Artgenossen verstanden es allenfalls, mit den Hufen etwas verblichenes Gras unter dem Schnee freizukratzen. Er dagegen konnte Erde fortbewegen.

Das erste Mal war er unter das Astwerk einer Kiefer geflüchtet, als er einen sich nähernden Menschen witterte. Nachdem dieser vorübergegangen war, hatte er mit seinen Füßen die Steine beiseitegeräumt und sich einen sicheren Unterschlupf ausgescharrt. Nachts steckte er seinen Kopf unter dem Astdach hervor und zum Himmel empor, ein Geröllfeld voll leuchtender Steine. Mit weit geöffneten Augen und dampfendem Atem fixierte er die Sternbilder, in denen die Menschen Tierfiguren wie Adler, Bär, Skorpion und Stier zu erkennen glauben.

Er sah darin Splitter von Blitzen – und die Schneeflocken auf dem schwarzen Fell seiner Mutter, als er zusammen mit seiner Schwester von ihr geflohen war, weit weg von ihrem niedergestreckten Körper.

Im Sommer fielen die Sterne als Körnchen vom Himmel, glühten im Flug auf, bevor sie auf den Wiesen erloschen. Fielen sie in der Nähe nieder, ging er hin und leckte sie. Der König kostete vom Salz der Sterne.

Er behielt seine Erfahrungen für sich. Da er ohne Rudel aufgewachsen war, konnte er sie niemandem weitergeben. Allenfalls seine Kraft und Größe konnte er seinen Nachkommen vererben, sonst nichts. Seine Stärke rührte von zwei unterschiedlichen Arten der Nahrung her: den Wurzeln, die er freischarrte, und den Wipfelspitzen der Tannen und Lärchen, die er für sich entdeckt hatte. Er suchte sich die Nahrung an Orten, die seinen Artgenossen unbekannt waren, in der Luft und unter der Erde. Die Gämsen fressen, was sich in Reichweite ihrer Schnauzen befindet. Er war auf etwas anderes aus: die Wipfelspitzen der Bäume. Freilich reichte er nicht wie eine Giraffe an sie heran. Aber er war den Waldarbeitern gefolgt und hatte sie dabei beobachtet, wie sie die Stämme der gefällten Bäume von ihren Ästen säuberten, die Wipfelspitzen dabei aber unversehrt ließen. Was dazu diente, dass die Baumspitze sich mit dem restlichen Saft aus dem Stamm vollsaugte, der so schneller austrocknete.

Der Gämsenkönig holte sich die Wipfelspitzen, die den konzentrierten Lebenssaft des Baumes enthielten.

In jeder Gattung sind es die Einzelgänger, die etwas Neues wagen. Sie bilden den Experimentieranteil ihrer Gattung, der sich ins Unbekannte aufmacht. Nach ihnen verliert sich ihre Spur wieder.

Auch die Wälder durchstreifte er und trennte mit seinen Lippen die violetten Blüten ab, die wie die gelben die Bienen anlocken. Er liebte den Felsenrapunzel, der an den Steilwänden blüht und sich mit einem Fingerbreit Erde zufriedengibt. Über seinem linken Horn flatterten wie Fähnchen die Flügel eines weißen Schmetterlings.

Mit dem Tageslicht, das langsam von Osten nach Süden wanderte, erwärmte das Blut des Königs seine Hufzehen. Er erprobte sein Gleichgewicht, indem er sich mit den Vorderläufen aufbäumte und auf den Hinterläufen stand, eine wenig praktische Position für einen Vierbeiner.

Die Spezies Mensch hatte sich die Hände freigemacht, indem sie sich auf die Füße stellte, büßte dafür aber an Geschwindigkeit ein. Beim Klettern kehrte er auf alle viere zurück, aber als Analphabet. Der Gämsenkönig setzte seine Vorderläufe wieder auf den Boden. Die Müdigkeit, die er spürte, ging eher vom Herzen aus, nicht von seinen vier prächtigen Läufen. Er trat aus seiner Baumhöhle heraus und witterte den Geruch des Mannes, der mit der Luftströmung aufstieg, den Mördergeruch dessen, der seine Mutter und Geschwister umgebracht hatte.

Der Mann umrundete den halben Berg, dann kletterte er an einem Riss hoch, der bald in einen breiteren Spalt überging, in den er mit seinem ganzen Körper hineinpasste. Der Spalt wurde schließlich so breit wie eine Kaminöffnung, dort im Schatten dampfte sein Atem. Er kletterte über die Höhe des Rudels hinaus bis zu einem Felsabsatz. Von hier führte ein schmaler Pfad in einem Bogen um die Wand herum. Dem folgte er, bis er weiter unten die Alm der Gämsen einsehen konnte. Sein Geruch verflüchtigte sich nach oben, außer Reichweite ihrer Witterung.

Der König war nicht dabei. Nie würde er sich an einem Tag, wo er ein so leichtes Ziel abgäbe, beim Rudel aufhalten. Die Felswand lag jetzt in der Sonne, von unten stieg die Luft, wie von einem Aufzug gezogen, empor. Schwarze Flügel ließen sich bis zum Gipfel von ihr hinauftragen.

Der Mann legte sich flach auf die Steine, nah am Abgrund, streckte den Kopf über den Rand hinaus und beschnupperte die Luft nach Gämsenart.

Zu seinem Erstaunen roch er den Mandelduft der Geschlechtsdrüsen von so weit unten. Er wusste, dass die Sinne kurz vor dem Lebensende noch einmal in aller Schärfe aufflammen und erklärte sich diese seltsame Fähigkeit seines Geruchssinns mit den Müdigkeitszuständen der vorangegangenen Tage. Es war nicht die Anstrengung, die ihn keuchen ließ, sondern das beginnende Nachlassen seiner Lebenskräfte.

So auf den Steinen liegend, nahm er wieder den Platz des Überlegenen ein, er konnte beobachten, ohne gesehen zu werden. Über ihm verloren sich die Schreie der Vögel in der Luft. Sie würden ganz sicher nicht die Gämsen vor dem Eindringling warnen. Die Vögel über ihm waren auf der Seite des Jägers.

Am Lauf seines Gewehrs waren bei seinen Streifzügen Spinnwebenfäden hängen geblieben. Er ließ sie dort, sie waren ein gutes Omen, Werk des größten Jägers der Welt, der Fallen in der Luft entwirft, um Flügel zu fangen. Die Spinne war eine Gleichgesinnte. In seinem Zimmer hatten die Spinnen rund um das Fenster die Fäden ihrer Netze aufgespannt. Sie glänzten in der Sonne, damit die Fliegen sich darin verfingen. Die Spinnen spinnen ihre Netze um ein Zentrum herum und warten, denn die Beute kommt zu ihnen. Der Mann musste erst klettern, um zum Zentrum seiner Beute vorzudringen. Die Spinne war der bessere Jäger. Als er so im Schatten dalag, sah der Mann vorn am Gewehrlauf einen Spinnfaden, vom Wind bewegt, aufglänzen.

Ein weißer Schmetterling flog herbei und setzte sich dazu. Mit einer leichten Handbewegung verscheuchte er ihn, ohne ihn zu berühren. Sein Zickzackflug war das Gegenteil der geraden, zielgerichteten Flugbahn der Bleikugel aus dem Dunkel des glänzenden Gewehrlaufs. Ein Schmetterling auf einem Gewehr verspottet dieses zugleich. Sein geradliniges Zielen wird vom Zickzackflug des Schmetterlings verhöhnt, der, wo immer er landet, seinen Zielpunkt mit sich führt. Wo der Schmetterling sich niederlässt, dort ist das Zentrum. Mit einer langsamen Bewegung vertrieb ihn der Mann, blies ihn sanft weg.

Seine Augen brauchten keine Brille. Er wusch sie sich an einem Wildbach aus, der auch im Winter nahe der Quelle lauwarmes Wasser führte; erst weiter unten gefror er. Der Mann nahm einige Schlucke und tränkte auch seine Augen. Er hatte noch seine eigenen Zähne. Er spähte in die Ferne und erblickte im Tal das Dorf, wo er einen Glockenschlag zu hören glaubte. Es war noch alles intakt an ihm, aber seine neuerlich geschärften Sinne signalisierten einen nahen Zusammenbruch. Er lächelte, denn für den Nachmittag hatte die Frau ihn zu einem Treffen überredet. Er hatte ihr erlaubt, ihn in seinem Haus am Waldrand zu besuchen. Doch auch das war schon Zeichen eines Risses.

Er galt als der letzte Wilderer, und sein Ansehen war noch gestiegen, während die anderen, ob alt oder nicht, sich immer mehr zurückzogen. Die Jagdaufseher konnten nichts gegen ihn ausrichten. Er ging dorthin, wohin sie sich nicht trauten.

Das Gebirge hat seine Verstecke, Gassen, Speicher, unterirdischen Gänge, wie die Stadt seiner kämpferischen Jahre, nur mehr im Verborgenen. Er hatte diverse Schlupflöcher, Vorratslager mit Gewehren und Munition, unsichtbare Biwaks. Er verließ das Haus mit einer angemeldeten Waffe, ging dann zu einem seiner Verstecke, tauschte sie dort gegen eine andere und zog los.

Früher oder später gerät jeder Wilderer in Schwierigkeiten und bekommt einen Prozess angehängt. Ihm passierte das nicht. Die Bergsteigerei hatte ihm dazu gedient, seine Fluchtwege zu verbessern. Er stieg hinauf, um Spuren zu verwischen, im Gegensatz zu jenen Bergsteigern, die ihren Weg mit Zeichen markieren, mit

Steinhaufen, Haken in den Felswänden und Gipfelkreuzen. Er verstand die Kreuze nicht: Ohne den Gekreuzigten waren sie bloß die Unterschrift von Analphabeten auf einer geografischen Urkunde. Auf der Miaraspitze der Sellagruppe dagegen hängt eine drei Meter hohe Christusfigur. Mit offen ausgebreiteten Armen, allen Elementen ausgesetzt, hält sie, wie ein Damm, die Zeit auf, damit nicht alles miteinander zu Tal stürze.

Sein Territorium kannte er besser als jede andere tierische Gattung. Der Mensch hat eine besondere Begabung für die Geografie. Sie ist das Fach, das er am leichtesten lernt, auch ohne Schule.

Eine Zeit lang hatte er den Berg mit einem Bären geteilt. Sie begegneten einander oft und blieben dann auf Schrittweite stehen. Der Bär beschnupperte den Mann, während dieser auf den Boden, seitwärts oder in die Höhe schaute. Dann ging jeder wieder seines Wegs. Der Bär fraß die Eingeweide der von ihm erlegten und ausgenommenen Tiere. Auch der Bär und sein Fell hätten sich gut verkauft, aber man tötet kein Einzelexemplar. Das Tier war schließlich an Altersschwäche gestorben, er hatte den Kadaver in einem Wald auf der Nordseite gefunden und begraben.

Er traf auch auf den Adler, wenn dieser heruntergeflogen kam, um sich ein Gämsenjunges zu holen, das er zuvor in den Abgrund gerissen hatte. Wenn ein Adler sich gestört fühlt, erhebt er sich wieder in die Luft, er ist langsam beim Start. Der Mann schoss nie auf dieses Wunder von Tier. Als Bursche war er einmal zu einem Adlernest hinabgestiegen und hatte ein Junges geraubt, wofür ihm im Tal ein guter Preis bezahlt wurde. Der Adler ist nicht dumm, er baut sein Nest nicht auf den Gipfeln, sondern auf halber Höhe einer Felswand. Gejagt wird weiter oben, so kann er seine Beute leichter hinuntertragen. Mit seinen kräftigen Krallen reißt er die Brust einer Gämse auseinander, um das Herz herauszuholen.

Es ist November, und der Mann spürt, wie der Winter sein Rollgitter herunterlässt. In den Nächten, wenn der Sturm draußen frei stehende Bäume entwurzelt, knarzt das Holz der Hütte gegen den Stein, und zusammen ächzen sie ihr Klagelied. Im Kamin schmatzt das Feuer wohlig vor sich hin. Draußen stemmt sich der Wind gegen die Mauern, aber das offene Feuer hält Holz und Stein zusammen. Solange es durch die Dunkelheit leuchtet, ist die Hütte eine Festung. Und dann gibt es noch die Mundharmonika, um den Sturm zu übertönen.

Im Winter schneidet der Mann Wanderstöcke aus dem Holz wild wachsender Kirschbäume unten im Tal. Im Sommer dann geht er sie im Dorf verkaufen. Als Griff schnitzt er einen Pferdekopf, einen Pilz oder ein Edelweiß. Die Kirschbaumrinde erfüllt die Hütte mit dem Geruch eines gerade erloschenen Backofens.

Wenn der Sturm aufhört, hinterlässt er Schnee, der wie eine Glucke auf der Hütte hockt. Die hölzerne Kuckucksuhr schlägt gleich einem reifen Küken in seinem Ei. Der Kuckuck ruft mit einer Maienstimme, mit der befremdlichen Stimme eines Propheten in einer Stadt, die ausgelassen feiert.

Im Winter muss der Mann in seiner Schale ausharren. Er denkt: Keine Geometrie hat bisher die Formel des Eies herausgefunden. Für die Berechnung des Kreises gibt es das Pi, aber für die perfekte Lebensform gibt es keine Quadratur. In den Wintermonaten, wenn ringsum alles eingeschneit ist, wird der Mann zum Visionär. In den sonnengeblendeten Augenlidern verwandelt sich der Schnee in Glassplitter. Körper und Schatten formen das Pronomen »Er«. Auf dem Berg ist der Mensch eine Silbe im Wörterbuch.

Wenn der Wind in klaren Mondnächten das Weiß aufwirbelt, schickt er die Gänse über den Schnee: Das ist eine alte Redensart, die besagt, dass draußen die Gespenster umgehen. Er kennt sie, in seinem Alter sind die Weggestorbenen zahlreicher als die Übriggebliebenen. Vor dem Fenster sieht er sie gänseweiß über den Schnee huschen.

Es ist November, vor ihm der herannahende Winter, so gewaltig. Wie ihn aufnehmen? Vielleicht sollte er dieses Jahr zum Überwintern ins Tal hinuntergehen. Zum ersten Mal kommt ihm dieser Gedanke, jetzt, da er den Berg hinaufsteigt, und er stößt dabei einen kleinen Tannenzapfen zur Seite. Aber ohne ihn würde die Hütte wohl vor lauter Schwermut einstürzen.

Der Mann redet wenig. Das bringt die anderen dazu, seine spärlichen Erzählungen auszuschmücken, Einzelheiten zu übertreiben. Eine Journalistin hatte sich in den Kopf gesetzt, ihn zu verfolgen und auszuspionieren. Sie hatte einen Bergführer angeheuert, damit er sie auf seine Spur brächte. Aber es war dem Mann ein Leichtes, sie abzuschütteln. Wo er noch frei und rasch hinaufkletterte, mussten sie sich schon anseilen.

Schließlich hatte die Journalistin sich ihm offenbart, als er gerade im Dorf Vorräte einkaufte, und ihm ein Honorar angeboten. Es war in einem Sommermonat. Der Mann hatte sich angehört, was sie zu sagen hatte, und ihr dann geantwortet: »Ich werde darüber nachdenken.«

Er hatte schon lange keiner Frau mehr gegenübergestanden. Der Parfümgeruch, mit dem die Frauen die Luft markieren, stach ihm derart unangenehm in der Nase, dass es ihm fast den Magen umgedreht hätte.

Ein Mann, der keinen Umgang mit Frauen pflegt, vergisst leicht, dass sie einen überlegenen Willen haben. Ein Mann wird nie die nachdrückliche Willenskraft einer Frau aufbringen, er lenkt sich eher ab oder unterbricht sein Vorhaben, nicht so eine Frau. Er war ihr ausgeliefert. Mit einem Jagdaufseher wurde er immer fertig. Aber eine Frau ist wie ein Spinnfaden, der sich einem Vorbeigehenden an die Kleidung heftet und mitnehmen lässt. So hatte sie ihm ihre Wunschgedanken angehängt, und er konnte sich nicht mehr davon befreien.

Ein Mann, der keinen Umgang mit Frauen hat, ist ein »Mann ohne«. Er ist überhaupt kein Mann, mehr ist nicht dazu zu sagen. Er mag das vergessen, aber sobald er wieder vor einer Frau steht, weiß er es von Neuem.

»Ich werde darüber nachdenken.« Ja, es stimmte, er dachte an die Frau und ihren Willen, ihm eine Geschichte zu entlocken, ihm, der sich im Gasthaus immer die der anderen anhörte und der auf die Frage »Und du?« als Antwort sein Glas zu einem Trinkspruch auf alle Anwesenden erhob, um die Antwort dann hinunterzuschlucken. Wenn sie weiter darauf beharrten, zog er seine Mundharmonika aus der Tasche und spielte ihnen ein Lied vor. Er konnte den Geschichten der anderen nicht noch seine eigene hinzufügen. Denn sie mochten erzählen, was sie wollten, er hätte immer noch Schlimmeres in petto gehabt. Ob es um Gefahren, Missgeschicke oder Grausamkeiten ging, er wusste, dass es keiner mit ihm aufnehmen konnte. Der Frau würde er freilich nicht mit bloßem Mundharmonikaspielen antworten können. Er dachte darüber nach.

Jetzt, mit sechzig Jahren, war sein Körper gut eingespielt, kompakt wie eine Faust. Und die Frau, wie war sie? Wie die flache Hand beim Spiel »Schere, Stein, Papier«, sie gewinnt, weil sie als

Papier den Stein einwickelt. Die Frau war das Papier, in der schließlich seine Geschichte eingeschlossen würde. Und wer war dann die dritte Figur im Spiel, die Schere? Das war der Gamsbock, der mit seinen Hörnern das Papier besiegt hätte, wer weiß wie.

Er dachte darüber nach und verschob seine Entscheidung. In diesem Herbst spürte er die Müdigkeit in Brust und Beinen. Er beschloss, der Journalistin zu sagen, dass er bereit sei. Im Dorf verabredeten sie, dass sie zu seinem Haus in eintausendneunhundert Meter Höhe hinaufsteigen würde, dort, wo der Wald immer lichter wurde. Dort, inmitten seiner stillen Dinge, wollte er versuchen, auf ihre Fragen zu antworten.

Nur mühsam konnte die Frau ihre Befriedigung über die geöffnete Bresche zurückhalten und drückte ihm zum Zeichen des Einverständnisses die Hand. Und dieser Kontakt mit Fingern und Handfläche war nicht aus Papier. Es war eine schamlose Intimität, getarnt als Gruß. Die Hand einer Frau zu berühren, für einen Mann ohne war es ein Sprung ins Blut. Mann und Frau dürften einander nicht berühren und dabei so tun, als ginge es um etwas ganz anderes. Für ihn hatte die Geste der Frau, als sie seine Hand ergriff, die Grenze zwischen den Körpern schon überschritten, war schon ein Austausch von Zärtlichkeiten zweier Liebender.

Er betrachtete kurz seine Hand und steckte sie, wie auch die andere, in die Hosentasche. Sie hatten sich darauf geeinigt, dass sie ohne Aufnahmegerät kommen würde. Auf dem Rückweg strich er mit der Hand über die Rinde einer Lärche, aber nicht etwa, um den Händedruck wegzuwischen, nein, er wollte ihn vielmehr mit Harz konservieren. Das Treffen sollte am folgenden Tag stattfinden, nach der Rückkehr von seinem Streifzug in den Bergen. Es war sein letzter Gang im Herbst, dann würde der Schnee mit seiner wunderbaren Stille kommen. Nichts anderes verdient den Namen Stille mehr als der Schnee auf den Dächern und der Erde.

Mit einem scharfkantigen Flussstein zerstückelt er den runden Laib Roggenbrot und brockt ihn in die Milch. Zusammen mit einem Stück Käse ist das sein Abendessen.

Der Winter hält die Hütte fest in seiner Klammer, hier über den Baumwipfeln versinken seine Schritte tief im Schnee. Beim letzten Berghof auf dieser Höhe versorgt er sich mit Käse und Milch. Auf dem Weg dorthin muss er zwei lawinengefährdete Rinnen durchqueren. Deshalb bricht er immer nachts auf, wenn die Kälte den Schnee zusammenhält.

Bei gutem Wetter steigt er einmal im Monat ins Dorf hinunter, um seinen Rucksack mit Kartoffeln, Zwiebeln, Reis und Linsen zu füllen. Dann macht er seine Runde, schaut bei diesem und jenem hinein, hört sich die üblichen Gespräche an, die Straßenbauprojekte, den Plan einer Seilbahn: Das wird einiges erleichtern, was denkst du, es wird ja doch nichts daraus. Dann hört er sich um, ob jemand gestorben ist und vielleicht ein Kondolenzbesuch ansteht.

Er schaut zu, wie die Kinder aus der Schule strömen, ja, die neuen Zeiten, ihre Stimmen wird man noch hören, wenn seine Mundharmonika längst verstummt ist. Das Leben ohne ihn ist bereits im Gange. Es ist schon dunkel, als er wieder zur Hütte hinaufsteigt, auf den Eisplatten die Spuren seiner Steigeisen hinterlassend. Sein Kirschbaumstock hat eine Metallspitze, mit der er den Weg abtastet: Begleitmusik zu seinen Schritten eines Blinden.

Hatte er jemals etwas bereut? An diesem Morgen überlegte er lange hin und her, welche Fragen die Frau ihm stellen könnte. Nein, und wozu auch. Schließlich war der Schaden dann schon angerichtet. Man kann höchstens vermeiden, ihn zu wiederholen. So war es ihm ergangen mit den Steinböcken, als er die früher noch jagte. Ihm gefiel der Charakter dieser Tiere, sie gingen liebevoller als die Gämsen miteinander um. Im Rudel schmiegen sie sich zärtlich aneinander, halten sich gegenseitig das Fell sauber. Mutter und Kind sind engstens, auf Leben und Tod, miteinander verbunden.

Er hatte aufgehört, Steinböcke zu jagen, denn Folgendes war geschehen. Im Nebel hatte er auf ein Exemplar geschossen, ohne zu merken, dass es ein Weibchen war und dass sein Kitz gleich neben ihm stand. Das auf einem Steilhang getroffene Tier hatte sich noch zu halten versucht, indem es seine schon unsicheren Hufe in den Felsen rammte, stürzte dann aber rücklings gut zwanzig Meter in die Tiefe. Ohne zu zögern war das Kleine der Mutter in die Nebelleere hinterhergesprungen und unten auf den Füßen gelandet. Die Mutter kam dann von Neuem ins Rollen, bis sie noch tiefer stürzte. Aber auch jetzt flog ihr das Kleine hinterher.

Als der Mann schließlich das getötete Tier erreichte, stand auch schon das Kleine da, etwas wacklig auf den Beinen, mit großen, ruhigen und tief betrübten Augen.

Er brachte es nicht über sein Herz, das Tier dort auf der Stelle vor dem Kitzjungen auszunehmen und die kiloschweren Eingeweide einfach liegen zu lassen, um Gewicht einzusparen. So lud er sich das ganze Tier auf die Schultern.

Da beschloss er, sich fortan Viehräuber zu nennen, unter den Augen des über alles herrschenden Gebieters, die groß, ruhig und tief betrübt waren. Man muss in dieses Augenpaar geblickt haben, um zu verstehen, dass man auf *seine* Waagschale gelegt wurde. Er entschied, dass seine Jagd auf Steinböcke damit vorbei war. Die Tiere erteilen einem eine Lektion. Bei ihnen ist nichts wiedergutzumachen, es geht nur darum aufzuhören. Er empfand keine Reue, konnte das Unrecht auch nicht ungeschehen machen, es blieb ihm nur aufzugeben. Am Ende müssen die Schulden bezahlt werden, ein für allemal.

Er hatte den Menschen das Gewicht gegeben, das ihnen zukam. Er dachte zurück an die schlimmste Tat, die er je begangen hatte, und befand wieder einmal: Sie musste getan werden. Er wollte sie in frischer Erinnerung behalten, sie durfte nicht austrocknen. Ein Mann ist das, was er begangen hat. Wenn er das vergisst, ist er wie ein umgedrehtes Glas, verschlossen und leer.

Er bereute nicht, weil er nicht »nie wieder« schwören konnte. Ja, bei den Steinböcken, da war er sich sicher, dass er nie wieder auf sie schießen würde. Aber bei den Menschen war das Schlimmste immer wieder möglich.

Älter werden und dabei nicht den Schritt beschleunigen, sich nicht an einen Baum, an eine Schulter lehnen. Von einem Herbst zum nächsten immer die gleiche Menge Holz schlagen. Das im vorausgegangenen Jahr aufgestapelte Holz war trocken. Jetzt konnte das frisch geschlagene Holz ablagern.

Das Wohnen oberhalb der Baumgrenze war äußerst mühsam, jeder Schnitt musste zur Hütte hochgetragen werden. Er brauchte siebzig Doppelzentner Holz, das geschlagen, zugeschnitten und im Rückentragkorb hinauftransportiert werden musste. Um den Rücken zu entlasten, hatte er in diesem Oktober den Weg mehrmals gemacht. Im kommenden Jahr wollte er schon im September mit den Holzarbeiten beginnen. Wenn die Tage kürzer werden und die Kräfte nachlassen, müssen die Alten ihre Arbeitszeiten verlängern.

In diesem Oktober war er beim Holzschlagen außer Atem geraten. Er legte sich dann oft flach auf den Boden und schaute dem kindlichen Durcheinandertreiben der Wolken zu. Dabei kam ihm der Gedanke, dass die Materie ringsum sich aus früherem, abgelaufenem Leben zusammensetzte. In den Wolken war der feuchte Atem menschlicher Vorfahren und der Tiere aufgehoben, die er erlegt hatte. Der Boden unter seinen Füßen war gedüngt von ihrem Staub und ihrer Asche.

Wenn ein Mensch stehen bleibt und den Wolken nachschaut, sieht er zugleich auch die Zeit an sich vorüberziehen, wie ein vorbeiwehender Wind. Dann heißt es, sich wieder aufzurappeln und sie erneut am Schopf zu packen. So machte er sich wieder an die Arbeit, befreite die Stämme von ihren Ästen und ließ die Wipfelspitzen liegen. Am Ende war er völlig erschöpft. Der letzte Tragkorb dann verfing sich in einem Ast, der brach ab, und das wenige Mehr an Gewicht ließ ihn schon straucheln und auf die Knie fallen.

Zurück in der Hütte, machte er Feuer und schöpfte wieder so viel Kraft und Geduld, um den Tag zu einem guten Ende zu bringen. Der Abend vollendet das Rohwerk, das zu frühester Stunde, bei noch dunklem Himmel, begonnen wurde. Der Abend glättet die Ecken und Kanten, gibt dem Tagwerk den letzten Feinschliff.

Sein Leben im Rhythmus der Jahreszeiten folgte dem Lauf der Welt. Er hatte es sich schon viele Male verdient, aber es gehörte ihm nicht. Er musste es zurückgeben, nun, da es nach Gebrauch zerknittert war. Welch nachsichtiger Gläubiger, der es ihm frisch ausgeliehen hatte und es nun aufgebraucht zurücknahm, zum Wegwerfen.

Half ihm der Glaube, dass es einen universalen Baumeister gebe und die Welt sein Werk sei? Er brauchte ihn nicht, um mit ihm zu reden, um auf ihn zu hören, und doch war es ein Gedanke, der ihn begleitete. Wenn es jedoch einen Gebieter über alles gab, dann hätte der sein Werk nicht so zu Schaden kommen und von der Spezies Mensch derart zugrunde richten lassen. Wenn es einen Gebieter gab, dann hatte der sich betrunken und nicht mehr den Weg zurück nach Haus gefunden. Dann gäbe es ihn erst gar nicht. Denn ohne ihn blühte der Mensch auf. Auf sich allein gestellt, hatte er das Gute vom Bösen unterscheiden gelernt. Ein alles beherrschender Gebieter? Nein, das war unmöglich. Und doch war ihm dieses Unmögliche ein willkommener Begleiter. Es gefiel ihm, dem Baumeister abends vor dem zur Erde herabsinkenden Himmel Dank zu sagen.

Es waren gute Gedanken, die sich da vor dem Kaminfeuer zum Geschwätz der in den Flammen zerfallenden Holzscheite dazugesellten, und sie erwärmten das Blut. Er ließ die wohlige Wärme von den nackten Füßen aus aufsteigen, sie hatten das Vorrecht. Das Feuer spielte Ringelreihen mit dem Holz und versprühte die Funken auf die Steinplatten des Zimmers.

Die Kuckucksuhr über dem Kamin war ihm der Ruf des Frühlings: Er würde noch eine ganze Weile warten müssen, bevor der wahre Kuckuck wieder riefe. Aber auch der falsche, zu jeder Stunde rufende war ein guter Nachahmer des Vogels, der sich in den Lärchen versteckte. Draußen leitete eine Dachtraufe das Wasser von einem kleinen Wasserfall in ein Steinbecken neben der Eingangstür, aus dem es dann überlief. Das Wasser hatte es eilig wegzukommen, leistete keine Gesellschaft. Er bereitete sich Schmelzkäse zu, röstete eine Scheibe Brot über dem Feuer und trank eine kleine Karaffe Wein. Dann blies er auf seiner Harmonika das Ende des Tages.

Am folgenden Tag würde er die Frau mit ihrem Willen treffen. Aber vorher wollte er noch einer

Gämse auflauern. Keinem Weibchen, auch wenn diese leichter zu tragen waren, aber Ende November sind sie trächtig. Jahre zuvor hatte er eines erlegt und war verblüfft, zwei gerade abgestillte Kitze an seiner Seite vorzufinden. Gewöhnlich gebären sie nur ein Junges, und er hatte die Mutter von zweien getötet.

Der Gämsenkönig hatte gelernt, dass er sich nicht vor Blitzen fürchten musste. Seine Artgenossen bringen sich in Sicherheit, wenn über den Bergen ein Gewitter wie ein Fallgitter herunterkracht. Dann schlagen die Blitze wie mit Reißzähnen auf den Felsen ein und hinterlassen weiße Bissspuren. Sein Rudel suchte unter einem Überhang Schutz, nicht so der König. Er wusste, dass der Blitz den Berg hinunterlaufen und dabei selbst in trockene Höhlen und Grotten vordringen kann. Ganze Schafherden hatte er so mit einem Schlag vom Blitz getroffen gesehen. Der sicherste Ort ist unter freiem Himmel, weit weg von Bäumen und Unterständen. Dort blieb er stehen und ließ den Wolkenbruch auf sich niederprasseln. Im größten Unwetter kaute er seine bevorzugte Nahrung, die Triebe von Ginster und Latschenkiefer, besonders gern.

Der König wusste, ein Blitz kündigt sich vorher an. Bevor er niederschlägt, baut er am Boden ein elektrisches Spannungsfeld auf, das die Luft, wie bei einem Hummelbrummen, vibrieren lässt. Wo die Fellhaare sich dann von selbst aufstellen, dort würde auch der Blitz einschlagen. Der König wartete ab, bis er die Reibung der aufgeladenen Luft an seinem Körper spürte und ein metallener Geruch trocken in seinen Nüstern prickelte. Erst dann würde er sich aus dem Zielgebiet herausbewegen. Aber auch nicht sofort: Unter der elektrischen Reibung stoben die Flöhe aus dem Fell heraus. Noch rechtzeitig bewegte er sich dann den Berg hinauf. Unter ihm stieg, wie aus einer Feuerschmiede, der Rauch der Blitzeinschläge auf.

Es gefiel dem König, wenn Berg, Gewitter und Wind sich fest umklammerten. Kein Adler in der Luft und kein Mensch, der heraufklettert. Der Sturm verwischt die Spuren der Gämsen, vertreibt ihren Geruch und frischt die Erde jungfräulich auf. Bis zum letzten Donner blieb der König unter freiem Himmel. Wenn der Blitz den Wald entzündete, stieg er geradewegs zu ihm hinunter. Bevor sie in Flammen aufgehen, versprühen einige Bäume noch ihre letzten fruchtbringenden Samen mit dem Wind. Auf die hatte er es abgesehen. Auf dem Weg kamen ihm bergauf flüchtende Rehe und Hirsche entgegen, die immer wieder auf den nassen Felsen ausrutschten. Weit unten im Tal schoss das aus den Wolken niedergegangene Wasser mit Steinen und Baumstümpfen hinab in die Tiefe. Es war der Schwanz des Regenbogens vom davonziehenden Gewitter. Und wieder setzte sich ein weißer Schmetterling auf sein linkes Horn.

In der Heiligen Schrift gibt es den Ausdruck: bekleidet mit dem Wind Elohims. Dabei geht es um einen Mann, dem eine Weissagung verkündet wurde, die er weitertragen soll. Keiner außer ihm weiß, welches Kleid gemeint ist. Der Gämsenkönig trug dieses Windkleid. Die Sturmböen waren sein Mantel, von ihnen ließ er sich einhüllen. Wenn die Blitze einschlugen, plusterte sich das Fell auf und glänzte, der König schloss die Augen und ließ sich von der entfesselten Luft umklammern. Dort, wo alle anderen Kreaturen Bedrohung witterten, fühlte er sich sicher. Der Wind war sein Verbündeter, mit ruhigen Schlägen nahm sein Herz die Energie auf, die der Himmel auf die Erde schleuderte.

Hinter der kurzen Sonnenbahn dieses Novembertages witterte der ermattete König den kommenden Schnee. Ihm war der Schnee ein Freund, während seine Artgenossen sich in ihren vereisten Schlupfwinkeln dicht zusammenkauern würden. Die Sonne verabschiedete sich allmählich von den höher gelegenen Weideplätzen, das Gämsenrudel war unruhig. Es hatte den Menschen gewittert, ihn dann aber wieder verloren. Die Männchen hörten auf zu äsen und führten kurze Sprünge aus, um aus der stillstehenden Luft von Neuem einen Geruch herauszuwittern. Wie pfeifend pressten sie ihre Atemluft heraus. Wie zum Duell sprangen sie kurz aufeinander los, hielten aber gleich wieder inne, denn das Siegen gebührte einem anderen.

Im Oktober und November suchen die Gamsböcke die Geißen auf und kämpfen um die besten Plätze auf der Rangliste. Die Böcke gehen geschwächt aus den Kämpfen hervor, verlieren viel von dem Fett, das sie zum Überleben des harschen Winters auf den Bergkämmen benötigen. Im Rudel des Königs gab es keine Duelle, die erwachsenen Männchen warteten, bis der König alle Weibchen gedeckt hatte, dann erst waren sie an der Reihe. Bald würde ein anderer unter ihnen seinen Platz einnehmen, sie wussten, die Zeit seiner Vorherrschaft lief ab. Irgendwo war immer der König und beobachtete das Geschehen. Oberhalb des Rudels, ausgestreckt auf den Steinen, wartete, das Gewehr im Anschlag neben sich, der Mann darauf, dass eine Gämse auf Schussweite heraufsteigen würde. Er hatte es auf das größte Männchen abgesehen, schon des Gamsbartes und der Hörner als Trophäe wegen. Das Fleisch des brünstigen Weibchens dagegen war ungenießbar.

Der Mann hatte schon Gämsenduellen anderer Rudel beigewohnt. Er bewunderte ihre Fairness. Niemals kämpften zwei gegen einen. An der Hüfte trug er die Narbe einer Schnittwunde, die ihm ein Verräter aus seinem Haufen zugefügt hatte. Die Menschen haben sich übergenaue Gesetzesvorschriften füreinander ausgedacht, aber bei der ersten Gelegenheit vergessen sie diese und zerfleischen sich. Das Loch im Hemd hatte er selbst geflickt, die Schnittwunde war von einer Krankenschwester genäht worden, ohne dass er dazu ins Spital hatte gehen müssen. Es waren rechtlose Zeiten gewesen. Von einem Tag zum anderen, bei einem erlittenen oder einem erwiderten Anschlag, wurde jeweils ein anderes Recht angewendet.

»Sichelscharfe Augen« hatte er einmal jemanden als Kompliment an eine Frau sagen hören. Auf Hochglanz geschliffener Stahl: Das war die Materie, aus der die Augen der Frau gemacht waren. Sie wusste um die Anziehungskraft, die ihr Körper auf Männer ausübte. Wer weiß, wie viele schon Schlange gestanden hatten, um einmal von ihr angeschaut zu werden, und wie stolz sie waren, einmal von ihren Augen ins Visier genommen worden zu sein. Der Mann dachte an die Plumpheit, mit der die Männer zur Zeit seiner bewegten Jugendtage um die Aufmerksamkeit einer Frau buhlten. Sich waghalsig in eine Rauferei stürzen, das konnte einem damals noch einen gewissen Ruf verschaffen, oder auch ein paar derbe Sprüche bei einer Tischrunde. In Gegenwart einer Frau warfen sich die Männer in die Brust wie die Gockel. Die Männer schlingerten vor den Frauen, wussten nicht, ob sie um Almosen betteln oder auftrumpfen sollten.

Aus Widerstand gegen dieses Zurschaustellen wurde er ganz starr. Es hatte Frauen gegeben, die ihn wollten und ihn auch genommen hatten, wie einen Stein von der Erde. Ja, einige Male war er so aufgesammelt worden. Irgendwann hatte sich dann seine Clique aufgelöst, es folgte das Leben auf dem Berg, die Hütte über der Baumgrenze, wo hinauf noch keine Frau gefunden hatte.

Bei der Letzten, die zu ihm gekommen war, hatte er jene Geste gesehen, wie sie ihre glatten Haare mit einem Schwung nach hinten über die Schultern warf. Es hatte etwas von einer Unmutsgeste, die Abstand halten will, zugleich war es aber auch wie eine geheime Aufforderung, ihre Haare zu berühren. Die Frauen sind wie Muscheln, sie öffnen sich, sowohl um etwas hinauszuwerfen wie um etwas in ihr Inneres hineinzusaugen.

Bei ihrer Begegnung im Dorf hatte er es vermieden, ihr in die Augen, ihr ins Gesicht zu sehen, und schaute nur auf seine verschränkten Hände. Die Frau merkte, dass er sich ihrer Anziehungskraft verweigerte, konnte dabei aber nicht ausmachen, ob ihm das leicht- oder schwerfiel. Sie wusste, sie durfte diesen Widerstand nicht gleich mit eindeutigen Verführungsgesten brechen. »Stört Sie mein Parfüm?« »Ich werde nur einmal auf Ihre Fragen antworten, jetzt nicht.« Da er nicht zu abweisend erscheinen wollte, sagte er das mit einer leisen, ihr kaum vernehmlichen Stimme. Es fiel ihm auf, dass sie ihn nicht verstanden hatte und dennoch nicht mit einem »Wie bitte?« nachhakte. Ein »Wie bitte? Was haben Sie gesagt?« hätte ihn gleich zurückgestoßen, und er hätte sie allein da stehen lassen.

In ihrer Ratlosigkeit nippte die Frau an ihrem Glas, eine Geste, die ihr gut stand.

Sie schaute ihn einen Moment lang an, dann kamen ihr die Worte: »Sie haben etwas von einem gut eingelaufenen Lederschuh, der sich dem Fuß wie ein Handschuh angepasst hat.«

Er reagierte nicht, musste aber unwillkürlich schlucken. Um das zu verbergen, hätte er auch einen Schluck aus seinem Glas trinken können, wollte aber nicht und schluckte einfach. Dann wandte er den Blick von seinen Händen ab und schaute an der Frau vorbei zum Fenster hinaus. In der Ferne stürzte ein schmaler Streifen Wasser von einem Felsen herab, ein weißer Strich auf einer schwarzen Seite, sein Rauschen drang nicht bis zu ihnen.

Die Frau drehte sich um und schaute nun auch in seine Blickrichtung. Dabei bot sie ihm den Nacken, die Matte ihrer gelösten Haare wellte sich leicht über der Halskurve und fiel dann glatt den Rücken hinunter. Geräuschlos, wie der Wasserstrahl bei seinem Sturz vom Felsen herab.

Mit einer Linksdrehung, wie um etwas zu lockern, wandte sich die Frau ihm wieder zu. »Haben Sie den Wasserfall betrachtet?« Der Mann kniff die Augen ein wenig zusammen, seitliche Augenfältchen, der Anflug eines Lächelns. Er hatte ihr geantwortet. Sein angespanntes Standhalten aber hatte dadurch eine Schramme bekommen.

Zum Heiraten war es bei ihm nie gekommen. Bei dem Gedanken sah er sich als kleines Marzipanmännchen, in Schwarz-Weiß gekleidet, auf der Spitze einer Hochzeitstorte.

Er öffnete seine Hände und nahm sein Glas. In der Brust spürte er dieselbe Atemschwere, die er schon von seinem letzten Holzschlagen im Oktober her kannte.

Es gibt Zärtlichkeiten, die, legt man sie noch einer Last obenauf, diese zum Schwanken bringt. Er trank einen Schluck und hielt das Glas noch nach dem Absetzen mit der Hand umfasst. Würde die Frau seine Hand in diesem Moment berühren, bräche alles zusammen, seine Standhaftigkeit, die Last und der Tragkorb. Es kam nicht dazu. Das Atmen fand wieder zu seinem Rhythmus, er trank das Glas aus, zog die Hand zurück und erhob sich. Er bezahlte seinen Wein, aber nicht den der Frau, der Wirt hätte sonst den ganzen Winter hindurch davon gesprochen. Man muss sich schon darauf verstehen, in einem Dorf zu leben. An einem Ort, wo alle sich mit Namen grüßen, herrschen Gepflogenheiten, die man in der Stadt nicht kennt.

Er war eingeschlafen. Bäuchlings auf den Steinen ausgestreckt, das Gewehr zu seiner Linken, den Kopf auf den Arm gestützt, waren ihm die Augen zugefallen, während er vis-à-vis, im Westen, über einem Berg eine kleine schwarze Wolke auftauchen sah. Nicht mehr als ein Tintenklecks, aber zugleich war es das Zeichen für einen Wetterumschwung. Der Fleck war in seiner Pupille gelandet, und er war eingeschlafen. Der Schlaf ist ein sich ausdehnender Tintenfleck in den Augen.

Wo die rechte Hand ist, das erfährt ein Kind erstmals beim Sichbekreuzigen. Es lernt, das Kreuzzeichen mit der richtigen Hand zu machen, und weiß so, dass das die rechte ist. Dies schon früh zu wissen ist besonders in den Bergen wichtig.

Der Mann weiß mit beiden Händen gleich gut umzugehen. Schon als Kind hatte er gelernt, sich mit der linken Hand zu bekreuzigen. Das kommt daher, dass Kinder spiegelverkehrt lernen. Die rechte Hand des Priesters vor ihm entsprach seiner linken. Schließlich verstarb der Alte, und es folgte ihm ein junger Priester im Dorf nach. Der verstand es, den Fehler zu korrigieren, indem er sich mit der linken Hand vor den Kindern bekreuzigte. So lernte er, seine beiden Hände gleich gut zu benutzen. Zur Orientierung an Weggabelungen sagte er zu links »erste Hand« und zu rechts »zweite Hand«. Schießen konnte er mit beiden.

Der Gämsenkönig befand sich über ihm. Er hatte den Geruch des Mannes in der Nase mitsamt seinem Gewehröl, das so widerlich roch, dass er den Geruch wegschnauben musste. Es war ein perfekter Tag, der eine klare Grenze zog zwischen der abgelaufenen Zeit und der bevorstehenden, noch unbekannten. Die Müdigkeit des Körpers fiel zusammen mit dem Abschied von der schönen Jahreszeit. Der Schnee würde von Westen her kommen, noch war er unsichtbar und vermischte sich mit dem guten Geruch der brünstigen Weibchen, die er alle gedeckt hatte, um ihrer Fruchtbarkeit Genüge zu tun. Er folgte ihrem Ruf und bestieg sie, erfüllte ihren Willen, Leben und Gattung zu erneuern, indem sie den Nachwuchs in ihrem

Schoß ausbrüteten, dem sichersten und wärmsten Ort im Winter.

Hatte er einmal alle brünstigen Weibchen besprungen, eines nach dem anderen, durften sich auch die übrigen Männchen austoben. Aber eine Geiß, die als Letzte läufig wurde, war ihm von einem seiner Söhne weggeschnappt worden. Das war ein Stoß vom Thron noch vor der Zeit, eine duellwürdige Beleidigung. Doch der König war zu müde, um einem frechen Sohn nachzuspringen. Es war sein letzter Lebensabschnitt, die sagenhaften zwanzig Jahre seiner Herrschaft gingen zu Ende.

Auch für den Mann sollte die Zeit des Jagens bald vorbei sein. Die Natur kennt keine Traurigkeit, der Mann wischte die seine mit dem Gedanken beiseite, dass auch der Gämsenkönig sich jetzt irgendwo auf das Sterben vorbereitete, ohne einen Hauch von Traurigkeit und ohne dass sein Stolz davon berührt würde. Und der Mann wünschte sich, dass auch er dazu in der Lage wäre. Eines Winters würde auch er vor Hunger und Kälte sterben, unfähig, sich noch ein Feuer zu machen. Für die Einsamen war es ein gutes Ende, wie eine Kerze zu verlöschen.

Plötzlich wusste der Gämsenkönig, dass sein Tag gekommen war. Die Tiere leben in der Gegenwart wie der Wein in der Flasche, jederzeit bereit, sie zu verlassen. Und sie wissen rechtzeitig, wann ihre Zeit gekommen ist. Zu früh darüber nachzudenken ist das Verhängnis der Menschen und hilft nicht, dafür bereit zu sein.

Wie zu einem letzten Gruß an die Luft schaute er in die Höhe und bewegte sich bergabwärts. Auf den Hornkissen seiner Füße sprang er einen Steilhang hinab, ohne auch nur ein Steinchen loszutreten. Die zwischen dem dritten und vierten Zeh geteilte Hornklaue spreizte sich auseinander und stellte sich auf die wenigen Zentimeter Trittgrund ein. Das war kein Abstieg, sondern ein Arpeggio. Zehn Meter unter ihm lag der Mann mit dem Gewehr an seiner Seite.

Der war inzwischen aufgewacht und blickte in die Tiefe, wo das Rudel äste. Mit geschwellter Brust blieb der Gämsenkönig über der Leere stehen, den weißen Schmetterling auf der Spitze seines linken Horns. Ein Schwarm schwarzer Flügel stürzte sich lautlos vom Berggipfel herab. Der König atmete ruhig und schwer zwischen Wut und Abscheu gegenüber dem Mörder seiner Mutter und Geschwister.

Der Mensch konnte voraussehen, sein bevorzugtes Spiel war es, die Zukunft zu durchkreuzen, indem er seine Sinne mit seinen Hypothesen kombiniert. Aber von der Gegenwart hat er überhaupt keine Ahnung. Der König über ihm, das war die Gegenwart.

Der Mann war ein Rücken, den er leicht niedertrampeln könnte. Mit einem Sprung hinunter könnte er ihn in die Tiefe schleudern. Der König wog so viel wie der Mann, noch nie hatte man einen Gamsbock von derartiger Größe gesehen. Als Zeichen der Kampfbereitschaft stellte sich sein Rückenbart auf. Er schüttelte den Schmetterling von seinem Horn ab und schlug mit den Hufen auf den Felsen, damit sich der Mann zu ihm umdrehe. Er wollte ihn nicht von hinten, sondern von vorn.

Schlangenflink drehte sich der Mann zu seinem Gewehr, gerade noch rechtzeitig, um den König der Gämsen in zwei Sprüngen auf sich herunterstürzen zu sehen. Es war entfesselte Kraft, Zorn und Anmut zugleich. Da brach über dem Berg ein Krächzen und Flügelschlagen los. Die Vorderhufe streiften den Hals des Mannes, die Hinterfüße fegten ihm die Kappe vom Kopf herunter. Ohne einen Kratzer zu hinterlassen, war der König scharf über ihn hinweggesprungen und flog weiter in die Tiefe zu seinem Rudel, das unten schon mit aufgestellten Ohren die Schnauzen hochstreckte.

Es war der Wind, bekleidet mit Füßen und Hörnern, es war der Wind, der die Wolken vor den Sternen wegfegt. Wäre er gestanden, hätte der Mann sich zu Boden geworfen, um Halt zu finden, aber da er schon lag, hatte es wenig Sinn, sich noch an die Steine zu klammern. Stürzte ihm der Bock auf die Brust, hätte er sie mit seinen Hufen zerschmettert und ihn mit in die Tiefe gerissen. Der König war über ihn hinweggesprungen, ohne ihn zu berühren. Für einen Moment hatte er ihm den Atem und die Sonne geraubt, der Moment, indem er sich verloren fühlte und doch unverletzt vorfand.

Im Sturzflug schoss der König in die Tiefe, unter Funkensprühen flogen seine Hufe über die Steine, während der Mann seine Waffe in die linke Schulter drückte und ihn mit der Kimme verfolgte. Hinter sich zog der König eine weiße Schleppe aus unzähligen prasselnden kleinen Steinen her.

Mit offenem Auge sah er ihn wegstürmen, jetzt schon außerhalb der Schussweite. Der König hatte ihn ein weiteres Mal besiegt. Im gleißenden Sonnenlicht sah das Rudel seinen König wie eine Lawine auf sich zu rasen. Es ahnte nichts von der Gegenwart des Mannes. Die Gämsen blieben auf der Stelle stehen und beobachteten den ungewöhnlichen Auftritt ihres ungestümen Gebieters direkt vor sich in der offenen Natur. Aber der König kam nicht bis zu ihnen. Jäh bremste er mit den Vorderfüßen ab und drehte um. Er kletterte auf einen spitz zulaufenden Felsblock, der ins Nichts hinausragte. Dort blieb er.

Es war der perfekte Tag, er brauchte sich mit keinem seiner Söhne mehr zu schlagen und musste nicht erst den Winter abwarten, um zu sterben.

Dort wartete er mit geschwellter Brust auf die elf Gramm schwere Kugel, die ihm von oben nach unten das Herz durchbohrte. Er starb, noch bevor er den Schuss krachen hörte, ein Hammerschlag gegen das blecherne Himmelsdach. Der König fiel von der Spitze des Felsens herab und kollerte hinunter, auf die Gämsen zu. Hier bot sich dem Mann ein nie gesehenes Schauspiel. Das Rudel stob nicht fliehend auseinander, sondern bewegte sich langsam geradewegs auf ihn zu. Zuerst die Weibchen, dann die Männchen und schließlich die im Frühjahr Geborenen, alle stiegen sie hinauf zu ihrem niedergestreckten König. Eine nach der anderen beugte sich mit der Schnauze zu ihm hinunter, ohne einen Gedanken an den Mann im Hinterhalt. Mit ihren Hörnern stupsten sie leicht gegen das dichte rotblonde Rückenfell ihres Vaters. Die Weibchen gaben ihm zwei sanfte Stöße, die Kleinen rieben schüchtern ihre ersten Hornzentimeter am schon dunklen Winterfell ihres Patriarchen.

Nichts war für sie wichtiger als dieser Abschiedsgruß, diese Ehrbezeugung an den prächtigsten Gamsbock, den es je gegeben hatte. Seinen Körper auf die Ellbogen gestützt, wartete der Mann, die Waffe noch an der Schulter. Schließlich ließ er das Gewehr sinken. Das Tier hatte ihn verschont, er aber nicht das Tier. Nichts hatte er verstanden von jener Gegenwart, die schon verloren war. In diesem Augenblick war auch für ihn die Jagd beendet, er würde auf keine anderen Tiere mehr schießen.

Das Bewusstsein der Gegenwart ist das einzige Bewusstsein, das zu etwas gut ist. Der Mensch versteht es nicht, in der Gegenwart zu leben. Er stand auf und stieg langsam zum getöteten Tier hinab. Tief über ihm wartete schon ein Schwarm schwarzer Flügel, während von Westen her, von einem schwarzen Wolkenfleck angekündigt, die Schneefront näher rückte.

Als der Mann beim König anlangte, stand das Rudel noch in der Nähe und schaute zu. Der so lange erhoffte Sieg war zwillingsgleich mit einer so noch nie erlittenen Niederlage einhergegangen. Er verachtete seinen Instinkt, der ihn den Schuss hatte abfeuern lassen. In seinem Rachen bildete sich Speichel, seine Nase lief, und er bekam feuchte Augen. Ein Dieb war er, Dieb eines ungezähmten, selbst verantworteten Lebens, vom alles beherrschenden Gebieter unbewacht unter seiner Sonne gelassen. Oder oblag nicht vielleicht die Obhut gerade ihm, der sich zum Dieb gemacht hatte? Er war jetzt am Zug, zu beschützen. Er zählte die Rillen der Hörner, die sich ringförmig angesammelten Jahre. Sie waren mehr wert als die seinen, er hatte einen Alten getötet. Ein Stechen in der linken Schulter zeugte vom Rückstoß.

Auf den Knien beugte er sich über den Gämsenkönig, dessen Blick an ihm vorbei in die Ferne gerichtet war, diese Augen waren es gewohnt, in den Himmel zu schauen. Der Mann wandte sich um und schaute in dieselbe Richtung, wo er nichts als schwarze Flügel erblickte, die nur darauf warteten, die Eingeweide verspeisen zu können. Er gehorchte ihnen, krempelte die Ärmel hoch und schnitt mit einem Messer den Wanst des Bockes auf. Seine Hände gruben alles heraus aus der Höhle des Lebens und breiteten es, noch dampfend warm, auf dem Boden aus, zuletzt das Herz. Mehrere Hundert Male hatte er diese Handlung schon ausgeführt, bei der sein Arm bis zum Ellbogen im Blut steckte. Aber dieses Mal wollte er ihn nicht, wie sonst, einfach liegen lassen und nur den Rückenbart und die Hörner mitnehmen. Auch wenn das Fleisch ungenießbar war, er wollte es nicht dem Gemetzel der schwarzen Flügel überlassen. Ihnen standen allein die Eingeweide zu. Die Augen gehörten nicht den Schnäbeln der Krähen: So durfte der König der Gämsen nicht enden. Er beschloss, ihn wegzutragen und irgendwo zu begraben, nachdem er ihm die Trophäe abgenommen hätte. Nicht einen Schuss würde er mehr abfeuern. Jetzt wusste er, was er der Frau erzählen würde.

Er versuchte das Tier hochzuheben, nie war eines so schwer gewesen. Auf dem Boden kniend drückte er zunächst die beiden Hinterläufe zusammen und zog sie über eine Schulter, dann versuchte er, sich den restlichen Körper über den Rücken zu werfen. Mit zwei gewaltigen Rucken gelang es ihm schließlich, das Tier in die richtige Lage auf seiner Schulter zu bekommen, wobei die Füße vorn über seiner Brust hingen.

Er nahm das Gewehr und ging schwer atmend, mit kurzen Schritten langsam bergab. Unbewegt wohnte das Rudel dem Schauspiel bei, die Vögel schwebten reglos in der Luft. Irgendwo zwischen Felsen und Latschenkiefern bog er ab und geriet aus dem Blickfeld. Der herrliche Kopf des Königs hing baumelnd über seiner Schulter.

Zu seinen schweren Schritten tönte das Mittagsgeläut einer fernen Glocke, aber einige Schläge verloren sich in der Luft. Heftig keuchend hielt er an. Eine Weile blieb er so stehen, um zu sehen, ob er wieder zu Atem käme oder ob er das Tier herunternehmen müsste, um neue Kräfte zu sammeln. Er wollte zu einem Schneefeld im Norden, wo der Gamsbock sich erst einmal gut konservieren ließe. Dann würde er eine Schaufel holen, um ihm eine Grube auszuheben.

Immer noch rastend und das Tier auf der Schulter, horchte er in sich hinein, ob sein Körper das durchhielt. Ein weißer Schmetterling kam auf ihn zugeflattert und umkreiste ihn. Es war ein Tanzen vor den Augen des Mannes, dessen Augenlider davon ganz schwer wurden. All die mit Holz gefüllten Tragkörbe, all die geschulterten Tiere, all die Haltegriffe, in denen er sich beim Klettern mit den Fingerkuppen festkrallte: Die Rechnung über die Last all dieser rauen Jahre wurde ihm auf den Flügeln eines weißen Schmetterlings überbracht. Wie der im Zickzackflug um ihn herumkreiste! Er sah ihm zu, wie er seine Haken um ihn herum schlug. Von der Schulter hing der umgedrehte Kopf des Gamsbocks herunter. Der Schmetterling setzte sich schließlich auf das linke Horn. Dieses Mal konnte er ihn nicht verscheuchen. Er war die Feder, die zur Last der Jahre hinzukam, die Feder, unter der er nun zerbrach. Jäh stockte ihm der Atem, seine Beine verhärteten sich, Flügel und Herz hörten gemeinsam auf zu schlagen. Das Gewicht des Schmetterlings hatte ihm aufs Herz gedrückt, schon leer wie eine geschlossene Faust. Mit dem Gamsbock auf den Schultern brach er Kopf voran zusammen.

Im Frühjahr, nach einem ungeheuerlichen Schneewinter, fand sie ein Waldarbeiter so übereinander. Nur mit dem Beil ließen sich die beiden voneinander trennen, so fest waren sie zusammengefroren. Er begrub sie gemeinsam. Auf dem linken Horn des Gamsbocks hatte das Eis den Abdruck eines weißen Schmetterlings hinterlassen.

Der Besuch eines Baumes

Aus dem Felsen heraus ragt er über den Abgrund. Sein ursprünglicher Wurzelstock befand sich unmittelbar am Felsrand und war von einem Blitz zerstört worden. Darauf hatte die Wurzel einen Ast horizontal in die Leere nach außen getrieben. Von diesem Ast ist ein neuer Baum wieder in die Höhe gewachsen: Wie der Ellbogen auf einem Tisch erscheint so der Baum auf die Luft gestützt.

Es ist eine Zirbe, eine Tannenverwandte, aber mit dichterem Astwerk und frei stehend, ungeeignet für den Weihnachtsdienst seiner alljährlich dezimierten Artverwandten, die auf zugänglicheren Hängen wachsen. Sie befindet sich auf zweitausendzweihundert Meter Höhe zusammen mit wenigen anderen Stämmen, die sich noch bis auf diese Höhe vorwagen, schief von Steilhängen abstehend, im rechten Winkel zum Himmel.

Niemand steigt hier hinauf, um sie zu fällen, zu riskant, sich ins Nichts hinauszulehnen. Mit dem Baum würde zugleich auch der Holzfäller in die Tiefe fallen. Im Sommer empfängt sie schon um sechs Uhr die erste Sonne, die hinter einem Gipfel der Fanes aufgeht. Einmal im Jahr steige ich zum Baum hinauf, um ihn zu begrüßen, nehme etwas zu schreiben mit und setze mich an seinen Fuß.

Zwei Meter von ihm entfernt, genau im Westen, sprießen zwischen den Steinen vier Edelweiß hervor, der Beginn einer Weissagung. Noch ein paar Meter weiter im Westen wirft eine am Boden kauernde, geduckte Latschenkiefer kreisförmig ihre Äste aus. Drinnen wohnt die Viper, ich höre ihr Zischen, dann beruhigt sie sich wieder.

Einen frei stehenden Baum umgibt eine unsichtbare Einfriedung, die so breit ist wie der Schatten, den er ringsherum wirft. Vor dem Eintreten ziehe ich die Sandalen aus, dann strecke ich mich in seinem Licht aus.

Die Zirbe ist in der Lage, sich in zwei Hauptäste zu gabeln, was der Tanne und der Lärche unmöglich ist. Der Stamm dieser Zirbe hier oben hat zwei parallel in die Höhe erhobene Arme, einer davon ist für den Blitz. Er weiß, er bietet eine Zielscheibe, das bringt die einsame Höhe mit sich. Geboren ist er aus dem Blitzeinschlag, der den ihn vorausgehenden Stamm vernichtete. Der Blitz ist sein zweiter Vater. Einige Vaterschaften beschränken sich auf Ursachen, ihre Kinder auf Wirkungen. Die Erde ist seine Mutter, an der er sich festklammert wie ein Krake an der Felsenklippe.

Wenn eine Wolke sich grau und fransig um einen Berg zusammenballt, geht ein zitternder Luftzug über den Boden. Der Bergsteiger vor Ort spürt diese Strömung auf der Haut, wie das sanfte Abreiben mit einem Wattebausch vor dem Setzen einer Spritze. Vor dem Blitz reibt sich so der Himmel an der Erde.

Die Zirbe kennt dieses Zittern, das ihre Äste mit einem Lichtkranz umgibt. In diesem Moment hört sie zu atmen auf, unterbricht das Aufsteigen ihres Saftes: Sie senkt die Nadeln ab und wartet. Manchmal zieht die Wolke weiter, um woanders ihre Fieberbrunst zu entladen. Die Einschläge auf anderen, entfernteren Felsen lassen sie dann wieder von Neuem durchatmen.

Die Unterhaltung zwischen einem Baum und einem Menschen kommt schnell auf Blitze zu sprechen. Ich möchte da etwas von mir erzählen. Bei einem Aufstieg auf die Tofana di Mezzo hatte ich schon mehr als tausend Höhenmeter hinter mir. Ich gehe oft allein, gehöre zur Art der Zirbe, nicht zu jener der Tanne.

Um den Berg herum verdichteten sich die Wolken, ich stieg in sie hinein. Ich bin gern in den Wolken, lieber als unter freiem Himmel. In ihnen wird die Stille noch stiller, die Einsamkeit noch einsamer. Die Einsamkeit ist wie das Eiweiß, der beste Teil des Eies. Für das Schreiben ist sie ein Protein.

Da begann die Wolke auf der Tofana langsam sich in Hagel aufzulösen. Vorbei war es mit der Einsamkeit, die jeder Bewegung Behändigkeit verleiht. Die Griffe in der Felswand waren im Nu mit weißem Graupel bedeckt, da ist es wichtig, die Sohlen der Sandalen einzukalken, um nicht auszurutschen.

Bei Hagel müssen die Finger flink sein; wenn sie zu lange abwägen, wie gut ein Halt ist, verlieren sie an Sensibilität. Handschuhe helfen da nicht weiter, man braucht den direkten Fingerkontakt, um Bewegungen, die keinen Fehler verzeihen, mit Präzision ausführen zu können.

Die Zirbe weiß diese Dinge, sie vermag auf

ihren Nadeln Schnee und Eiskristalle zu halten. Aber Nester nimmt sie nicht auf, nicht hier oben.

Ich stieg weiter in der Wolke hinauf, als der Hagelschauer noch dichter wurde. Die Bewältigung eines etwas schrofferen Kletterabschnitts, der bei Trockenheit keine Schwierigkeit bietet, wurde jetzt zu einem Blindekuhspiel. Ich versuchte hochzuschauen, aber das Geprassel der Hagelkörner verschloss mir die Augen. Mit einem Ruck konnte ich ein Knie auf einen rutschigen Felsabsatz hochreißen. Es war eine eher unbeholfene Bewegung, der Zirbe gefiele sie nicht. Eleganz in den Bewegungen ist für sie eine Notwendigkeit. Ein Baum ist nie plump, auch nicht, wenn er durch die Säge des Holzfällers umstürzt.

Von diesem Moment an ist sein Leben Holz, viel unterwegs, auf dem Transport zu Sägewerken, wird Haus, Schiff, Gitarre, Griff, Skulptur. Auch wenn er in die Hände eines Mörders fällt, er wird immer elegant dabei bleiben. Auch wenn dann Asche seine Bestimmung ist.

Ich sage ihm, dass wir bald zwei vom Unternehmen entlassene Arbeiter von Babel sein würden. Aber bei unserer Befragung werden wir sagen, dass in unseren Augen das Werk schon vollendet war. Unser Luftturm wird schon fertiggestellt gewesen sein.

Hundert Meter unter dem Gipfel der Tofana beginnt der Kunststoff meiner Windjacke zu knistern, ja, zu brutzeln. Das elektrische Spannungsfeld, das dem Blitz vorausgeht, breitet sich auf der Oberfläche der nassen Felsen aus. Ich befinde mich mitten im Einschlagsbereich, wo es nur so zischt und vibriert. Es ist die Warnung des Berges, schnellstens das Feld zu räumen. Aber wohin, das kann er mir auch nicht sagen.

In solchen Momenten kommt mir der Reflex, den Kopf auf die Brust zu senken, einen runden Rücken zu machen und seitwärts wegzugehen. Die Zirbe schüttelt ihren Wipfel, sie weiß, dass es nichts hilft, den Kopf zu senken. Der Blitz ist keine Fledermaus, die sich in den Haaren verfängt. Nein, er sucht sich das Eisen im Blut.

Vielmehr sollte man sich steif machen und sich auf den Boden kauern. Auch wenn er einen nicht direkt trifft und neben einem einschlägt, ist der Luftdruck so stark, dass man davon angehoben und umgeworfen werden kann. Die Zirbe senkt im Spannungsfeld des Blitzes ihre Nadeln ab, nicht aber ihren höchsten Trieb, den man im Tal Kerze nennt.

Ich dagegen bin wie ein Soldat unter feindlichem Beschuss zur Seite gegangen. Hinter meinem Rücken ist auf einem Felsblock der Hammerschlag des Blitzes explodiert, wie tausend Schmiedehämmer auf dem Amboss. Ich habe seine Stichflamme hinter meinem Genick gesehen. Es gab einen Explosionsknall wie der einer Granate auf den Höfen, aber von Granaten und Höfen kann die Zirbe nichts wissen. Deshalb sagte ich ihr nichts.

Der Blitz hat mich nicht umgeworfen, aber für eine knappe Sekunde verlor ich den Kontakt zum Boden. Ich blieb wie festgenagelt an meinem Platz, Hände und Füße im körnigen Weiß des Hagels.

Das wiederum kennt die Zirbe, nach dem Blitzeinschlag ruhig bleiben, sich nicht bewegen. Der Saft wartet noch ab, die Vollzähligkeit der Äste wird geprüft, und die Wurzeln fragen bei den Blättern nach, ob irgendwo in der Nähe ein Feuer ausgebrochen sei.

Die Kälte in den Fingern brachte mich wieder auf die Füße, und ich bin weiter hochgestiegen. Weiter das Prasseln des Graupels, der unter meinen Schritten knirschte, ich wischte die Haltepunkte frei. Die Umarmung von Himmel und Erde, die Berührung zweier entgegengesetzter Enden: eine hochzeitliche Umarmung. Wer das miterlebt, verspürt den Drang, sich entschuldigen zu müssen dafür, dass er sich in diesen engsten Kreis eingeschlichen hat. Ringsum stehen die Blitze Wache und vertreiben mit ihren gleißenden Lichthieben jeden Eindringling.

Der Graupel prügelte auf meine Hände ein, die nach Griffstellen im Felsen suchten. Auf zehn Meter unterhalb des Gipfels angelangt, konnte ich das Kreuz, den Blitzableiter, sehen. Die Zirbe könnte solch ein Kreuz in der Nähe gut gebrauchen, aber nein, sie stehen alle auf den Gipfeln, wo es keine schutzbedürftigen Bäume mehr gibt. Ich habe das Kreuz gesehen, Endpunkt des Aufstiegs für jenen, der in den Bergen unterwegs ist, Endpunkt des auf die Erde herabgestiegenen Lebens, von dem die Evangelien berichten.

Der Bergsteigertrieb drängt mich, bis zum Kreuz hochzuklettern und den Aufstieg zu vollenden, aber jetzt geht von Neuem das Brutzeln meiner Kunststoffjacke los, wieder bin ich im Blitzgebiet. Ein warnendes Knurren vom Boden ringsum, sofort bitte ich um Verzeihung, ducke mich, und schnell weg von hier mit gesenktem Kopf zu einem geschützten, trockenen Ort, wo der Atem, zufrieden schnaubend, als Dampf austritt.

Ich bin mit meiner Geschichte am Ende, der Schatten der Zirbe ist inzwischen weitergewandert. Zur Stunde des Sonnenuntergangs wirft sie seine Form auf den gegenüberliegenden Felsen, scharf umrissen, wie auf frischem Schnee. Die Bäume in den Bergen schreiben Geschichten in die Luft, die man, darunterliegend, lesen kann.

Ich warte, bis die erste Dunkelheit den Schatten vom Felsen vor mir ausgelöscht hat. Kaum ist er verschwunden, erscheint über der Fanes der erste Stern, und rasch stellt sich auch die erste Kühle ein. Ein Zwicken in der Nase zeigt mir das Anbrechen des Abends an, und ich erhebe mich. Der Gast eines Baumes muss das Feld räumen, sobald die Schatten schwinden.

Es gibt Heldenbäume in den Bergen, die über der Leere Wurzeln geschlagen haben, Medaillen an der Brust der Felsvorsprünge. Jeden Sommer steige ich hinauf, um einem von ihnen meinen Besuch abzustatten. Bevor ich ihn wieder verlasse, setze ich mich noch rittlings auf seinen in die Leere hinausragenden Arm. In all der Offenheit, Hunderte von Metern über dem Abgrund, kitzelt es an meinen nackten Füßen. Ich umarme ihn und danke ihm für seine Dauerhaftigkeit.

Anhang

Die Lehre des Schmetterlings

Nachwort von Helmut Moysich

Erri De Luca hat die Geschichte vom Wilderer und dem König der Gämsen nicht frei erfunden. Selbst begeisterter Bergsteiger, verdankt er sie in ihren Grundzügen den Erzählungen eines ehemaligen Wilderers. Aber das allein hätte wohl nicht dieses mitreißende kleine Buch ergeben. De Luca hat das genaue Hinhören, das Lauschen, das Hinschauen, Riechen und Schmecken, welches er von seinen Wegen in den Bergen mitgenommen hat, in eine ebenso sinnliche, vibrierende Sprache hineinverwandelt.

Hier scheint zunächst alles Körper zu sein, wird im Lesen körperlich spürbar wie etwa das wilde Flügelklatschen der Krähen oder die alltägliche Mühsal, die Müdigkeit und die Schwere des gealterten Wilddiebs. Die Schwere seines Atems, seiner Schritte unter der Last der mit Holz gefüllten Tragkörbe, die er alljährlich hoch hinauf in die Berghütte schleppen musste. Die Last der erlegten Gämsen und schließlich die todbringende Last seines ähnlich in die Jahre gekommenen Gegenspielers – oder vielleicht besser Mitspielers –, des Königs der Gämsen.

Doch würde sich dem Leser diese gewichtige Schwere nicht so einprägen, wäre da nicht zugleich als Kontrapunkt, als Gegengesang, die Leichtigkeit, die Behändigkeit der Gämsen, deren Gewicht sie nicht daran hindert, wie lufttänzerisch die Schwerkraft aufzuheben. Für sie ist »die Schwerkraft kein Gesetz mehr, sondern eine Variante des Themas«.

Umgekehrt – und darauf deutet schon der Buchtitel – besitzt die Leichtigkeit des Schmetterlings zugleich ein ganz eigenes Gewicht, eine ganz eigene Schwere, eine ganz eigene Kraft: »Ein weißer Schmetterling kam auf ihn zugeflattert und umkreiste ihn. Es war ein Tanzen vor den Augen des Mannes, dessen Augenlider davon ganz schwer wurden. All die mit Holz gefüllten Tragkörbe, all die geschulterten Tiere, all die Haltegriffe, in denen er sich beim Klettern mit den Fingerkuppen festkrallte: Die Rechnung über die Last all dieser rauen Jahre wurde ihm auf den Flügeln eines weißen Schmetterlings überbracht.«

Am Ende wird der Wilderer unter der zusätzlichen Last des Schmetterlings zusammenbrechen. Die hat aber nichts von dem bekannten Tropfen an sich, der das Fass schließlich zum Überlaufen bringt, sondern ist gleichsam der Tropfen davor, der sozusagen das Fass des Lebens voll macht, das Leben vervollständigt und es einfügt in einen Naturkreislauf, in dem Leben und Tod fließend ineinander übergehen.

*

Es liegt etwas Parabelhaftes, Lehrhaftes in dieser Geschichte, und sicherlich werden auch existenzielle Lebensabenteuer durchgespielt – »In jeder Gattung sind es die Einzelgänger, die etwas Neues wagen. Sie bilden den Experimentieranteil ihrer Gattung, der sich ins Unbekannte aufmacht. Nach ihnen verliert sich ihre Spur wieder« –, schon der beiläufige Hinweis De Lucas auf den Kapitän Ahab in *Moby Dick* lässt daran denken. Was den Wilderer mit Herman Melvilles Ahab oder auch mit Ernest Hemingways altem Fischer in *Der alte Mann und das Meer* verbindet, ist in der Tat ihre eigensinnige Hartnäckigkeit und Beharrlichkeit.

Aber anders als bei Hemingway, anders als in *Moby Dick* geht es hier nicht wie etwa beim

Kampf zwischen Kapitän Ahab und dem weißen Wal um die Auflehnung des Menschen gegen die Unbezwingbarkeit von Natur und Schicksal, und es findet auch kein verbissener Sieges- oder Überlebenskampf statt.

Denn der eigentlich Überlegene wird bereits früh ausgemacht, es ist der Gamsbock, der seit Jahren schon sein Spiel mit seinem Verfolger treibt, ihn regelrecht vorführt. So wie er ihn im Finale leicht hätte niedertrampeln und mit in den Abgrund reißen können. Was aber dann geschieht, ist eher ein unspektakuläres Sichergeben, Sichüberlassen darein, wofür ohnehin die Zeit schon gekommen war; es ist eher ein naturhaft dramatisches Bündnisschließen, bei dessen letzter Todesumarmung sich kaum mehr sagen lässt, wer von den beiden in wessen Armen niedersinkt. Einmal befragt, was für ihn der Tod bedeute, antwortet De Luca sinngemäß: ein paar Schmetterlingsflügel, die sich schließen und ihn dem Nichts übergeben.

*

Kein trotzig-verbissenes Auflehnen hat den Wilderer auf seinen Pirschgängen geleitet, sondern vielmehr – neben der Notwendigkeit eigener

Nahrungsversorgung – die Bewunderung für die Gämsen, die neidlose Bewunderung ihrer überlegenen Kletterkünste, ihrer sich über Abgründe hinwegsetzenden Leichtigkeit. Eine Bewunderung, die auch tödlich sein kann, denn er lässt kein Risiko aus, um sich dem anderen, eigentlichen Gämsenkönig zu nähern. Fast könnte man sagen: mehr nacheifernde Solidarität als neidvolle Rivalität treibt den Wilderer an. Und so lässt sich in dieser Antiheldengeschichte frei nach De Luca auch von dieser Bewunderung sagen, dass sie vom Gewicht eines Schmetterlings ist. In diesem Sinn dann wird der Schmetterling auf dem Horn des Gamsbocks zum Zeichen seiner Noblesse, krönt ihn zugleich wie mit dem Gewicht einer Krone.

Im lesenden Verfolgen des Fluges des Schmetterlings zeigt sich für mich die schönste und friedlichste Lehre – und warum nicht, auch Lebenslehre – der Geschichte. »Sein Zickzackflug war das Gegenteil der geraden, zielgerichteten Flugbahn der Bleikugel aus dem Dunkel des glänzenden Gewehrlaufs. Ein Schmetterling auf einem Gewehr verspottet dieses zugleich. Sein geradliniges Zielen wird vom Zickzackflug des Schmetterlings verhöhnt, der, wo immer er landet, seinen Zielpunkt mit sich führt. Wo der Schmetterling sich niederlässt, dort ist das Zentrum.«

Es gibt sicherlich noch andere Lehren in diesem Buch, sofern man überhaupt darauf aus ist, eine zu finden, und sich nicht einfach dem klaren, reinen Duktus von De Lucas Erzählsprache überlassen will, in der noch die kleinsten Vorkommnisse und Anblicke etwas von der Unmittelbarkeit einer Offenbarung haben. Freilich nicht der einer religiösen Heilslehre. Was sich in diesen Sätzen unverfälscht zeigt, ist vielmehr das so raue wie sanfte Wirken der ursprünglichsten Lebens- und Naturkräfte, wie etwa beim Gämsenkönig, wenn dieser beispielhaft als »bekleidet mit dem Wind Elohims« auftritt. Und dabei ist es bezeichnend für De Lucas direkten Zugriff auf die Sprache, dass er bei seinen zahlreichen Übersetzungen aus dem Alten Testament das hebräische Wort »ruach« (gemeinhin mit Atem, Lebensgeist oder Geistkraft übersetzt) auf die urmaterielle Bedeutung »Wind« zurückführt. Aber man muss nicht bibelkundig sein, um jene Urkräfte beim Lesen zu spüren. Schon dem Leser von De Lucas Roman *Der Tag vor dem Glück* begegneten sie etwa im liebesberauschten Mädchen Anna, Anna, »die ich der Wind bin«. In jedem Satz des *Gewichts des Schmetterlings* zeigt sich das Wirken dieser Kräfte, lässt es sich hören, das nämlich, was De Luca einmal am Ende seiner Erzählung

Aceto, arcobaleno (Essig, Regenbogen) die »Musik der Materie« nennt.

*

Wollte man das Buch ein weiteres Mal von Neuem oder überhaupt zum ersten Mal lesen, dann böte sich dafür als geeigneter Ort ein Platz an, der demjenigen ähnlich wäre, der im Anschluss an die Schmetterlingsgeschichte im Epilog *Der Besuch eines Baumes* einer frei stehenden Zirbe Raum gibt. »Einen frei stehenden Baum umgibt eine unsichtbare Einfriedung, die so breit ist wie der Schatten, den er ringsherum wirft. Vor dem Eintreten ziehe ich die Sandalen aus, dann strecke ich mich in seinem Licht aus.« Es gibt wohl kaum einen besseren Ort, um dieser Musik der Materie zu lauschen.

Als ich während des Übersetzens De Luca um einige zusätzlich klärende Worte zu diesem im Original äußerst dichten Satz bat – »Un albero solitario ha un recinto invisibile, largo quanto l'ombra da poggiare intorno« –, antwortete er mir schlicht: »Der Schatten des Baumes wird auf dem Boden ausgelegt wie ein Tischtuch. Es ist der Baum, der es ausbreitet, der den Tisch deckt.« In diesen einfachsten Worten schwingen für mich zugleich einige der schönsten Verse Friedrich Hölderlins mit: »Festlicher Saal! der Boden ist Meer! und Tische die Berge« *(Brot und Wein)*. Und in einem Zug erscheint der Platz der Zirbe als Ort eines einladenden Gastmahls, als ein naturheiliger Ort, wo wie bei Hölderlin aber auch das Raue und das Wilde nicht fehlen.

Am Ende ist das Buch De Lucas trotz Tod und Schwere ein Fest des Lebens und der Leichtigkeit und, wie bei Hölderlin, eine *Friedensfeier*. Erri De Lucas *Das Gewicht des Schmetterlings* gehört wohl zu einer der frischesten Varianten dieses uralten Themas.

Das Gewicht des Windes.
Laudatio zum Petrarca-Preis 2010 von Peter Kammerer

1. Erri De Luca ist in Neapel geboren, 1950, »in der falschen Mitte eines Jahrhunderts und eines Meeres«, sagt er, und dass er von diesem »anscheinend nummerierten Tribünenplatz weder die große Übersicht noch den Blick aufs Detail« hatte. Dass er auf das französische Gymnasium in Rom gegangen sei, ist Legende. Richtig ist, dass er 1968 die Träume seiner Eltern dementiert und sich in die Bewegung stürzt, die er Revolution nannte und nennt. Nach deren Scheitern 1977 wird er Facharbeiter bei FIAT, dann Hilfsarbeiter auf Baustellen in Frankreich, Italien und Afrika. Jetzt überblickt er das Jahrhundert und steckt im Detail, unten im Lehm der Kanalisation. In einem einen Meter breiten und sechs Meter tiefen Graben arbeitet er am Schluss allein. Die algerischen Bauarbeiter haben wegen

fehlender Sicherheitsmaßnahmen aufgegeben. Ihr Leben ist wenig, aber noch etwas wert. Ihn treiben Wut und Stolz. De Luca ist auch Bergsteiger.

2. Vor ein paar Jahren hörte ich den Schrei. Graziella Galvani las in London eine Erzählung von Erri De Luca. *Sal-va-to-re.* »Zerrissene Silben aus dem Mund einer Sirene, einer Hündin, einer Mutter«, einem Sohn nachgerufen, als das Schiff nach Amerika schon abgelegt hat. Gehört hat den Schrei im Jahre 1930 ein Onkel, der ihn Erris Mutter überliefert. So wird er ein Erbstück der Familie, durch Mark und Bein gegangenes Wissen vom Schmerz einer Trennung. Diesen Schrei, längst losgelöst vom Körper derer, die ihn ausstieß, und dessen, dem er galt, hören wir, wenn wir De Luca lesen. Genauso wie wir beim Ausbruch des Vesuv im letzten Kriegsjahr 1944 das »innere Feuer des Unermesslichen« sehen, das die Augen öffnet für die moralische Winzigkeit der Kanonen »und des Bösen, das die Völker sich antun«. Mit dem kindlichen Tasten nach den eisernen Ringen im Verlies des Kastells auf Ischia fühlen wir angeschmiedetes Unglück. Wir schmecken mit der afrikanischen Hühnerbrühe die Rettung des Ausgezehrten. Und wir riechen, als letzte Station dieser ästhetischen Erziehung

der Sinne, die frischen Hörnchen in der Hand eines Mannes, der am Arm die Häftlingsnummer von Auschwitz trägt.

Die Bildung der fünf Sinne ist die Arbeit der ganzen bisherigen Weltgeschichte in ihrer polemischen Verschränkung von Natur und Gesellschaft. Der Mensch ist ein Wilderer in der Natur, und der Tod wildert in uns Menschen. *»Das Gewicht des Schmetterlings«*, so lautet der Titel einer der jüngsten Erzählungen von De Luca, genügt ihm, dem Tod, uns zu Fall zu bringen.

3. »Denn es gehet dem Menschen wie dem Vieh. Wie dies stirbt, so stirbt er auch ... Wer weiß, ob der Geist des Menschen aufwärts fahre und der Odem des Viehs unterwärts, unter die Erde?« Wir wissen es nicht, und deshalb ist es gut, »dass der Mensch fröhlich sei in seiner Arbeit. Denn das ist sein Teil.«

Erri De Luca hat den Kohelet, auch Prediger Salomo oder Ekklesiastes genannt, aus dem diese Verse stammen, übersetzt (1993). Er hat als Autodidakt Hebräisch gelernt und auch Jiddisch. Entscheidend war für ihn die Begegnung, im Gedenkjahr 1993, mit Marek Edelmann, dem letzten Kommandanten des Widerstands im Warschauer Getto. Edelmann, dies sei nicht beiläufig gesagt, ist der Mann, der die palästinensischen Kämpfer nicht Terroristen, sondern Partisanen genannt und sie im Namen der Warschauer-Getto-Erfahrung aufgefordert hat, einen selbstmörderischen Kampf zu beenden. De Luca legt Spuren ins Zentrum des Jahrhunderts. Das Hörnchen in der Hand des Häftlings und die Liebe zu Caia, dem Feriengast auf Ischia. Ein Sechzehnjähriger fährt mit den Fischern aus, lernt ihren Beruf und die Geheimnisse des Meeres, aus dessen Reichtum Erri später seine Metaphern schöpfen wird. Im Boot wird wenig gesprochen. Einmal erzählt einer vom Krieg auf dem Balkan. Der Name Caia, ausgesprochen Haia, sei jüdisch. Nun weiß der Sechzehnjährige, wo die Eltern des Mädchens geblieben sind. »Den Juden war verboten, den Deutschen in die Augen zu schauen. In jenem Sommer schaute ich ihnen ins Gesicht. Nicht als Herausforderung, sondern um zu verstehen.«

Wer wissbegierig war, erfuhr in den Jahren, als bei Capri die rote Sonne im Meer versank, Dinge, die nicht zu verstehen waren. Mitwisser geworden, kann sich der Held der Erzählung von dieser Last nur durch einen Akt der Gewalt befreien.

Die Gewalt steckt in uns, sagt De Luca, ein Tribut wie der Zehnte, der Gott zusteht. ER sammelt sie und lässt sie als Strafgericht niederfahren auf Städte und Völker. Als Rest aus dem Verderben, das er nicht abwenden kann, reißt der Hirte, schreibt der Prophet Amos, »aus dem Maul des Löwen zwei Knie oder ein Ohrläppchen«. In diesem Entreißen von Zeichen besteht die Arbeit des Schriftstellers.

4. Sein erstes Buch veröffentlichte Erri De Luca im Jahre 1989. *Non ora, non qui (Nicht jetzt, nicht hier)*, für den auf den Tod kranken, erblindeten Vater, der es öffnete und den Geruch einsog. Geschrieben hat Erri schon früh, aufgewachsen in einem Zimmer voller Bücher, die ihn wärmten und isolierten. Später machte er die Erfahrung einer anderen Isolierung. Während seiner Arbeit auf dem Bau war es der Presslufthammer, dessen ratternde Schläge »ihm in die Arme, in den Rücken, den Hals und die Füße fuhren«. Aber unter dem betäubten Gehör wurde eine innere Stimme vernehmbar, ein Brief an die Mutter, die Erinnerung an eine neapolitanische Kindheit. Jedes Wort, das De Luca aufschrieb, ging durch seinen Körper, durch alle Schichten der Physis. Ganz zuletzt erst durch den Kopf.

Um Missverständnisse zu vermeiden, behauptet De Luca, er sei weniger als ein Schriftsteller: »Ich bin Redakteur von Geschichten, die ich auf dem Feld der Lebenden ringsum aufgelesen habe; einer, der hinter den Schnittern hergeht und Ähren liest. Ich sammle Reste, mahle sie und mache daraus schmale Bücher, mit wenig Hefe, fast ungesäuert.« In den Buchhandlungen begegnen wir diesen Büchern, deren Zahl jedes Jahr zunimmt, von denen keines den Umfang des ersten überschreitet. Es sieht so aus, als ob der Atem zu einem großen Werk fehle. Doch es sind die kleinen Schritte des Bergsteigers durch die Geschichte seiner Generation in die Tragödien von heute.

In einem kleinen Film über die Insel Lampedusa, den man in YouTube sehen kann, sagt er: »Für die Vögel sind die Inseln meiner Kindheit, die Inseln des Südens, Stützpunkte der Freiheit. Für die Menschen waren und werden es Gefängnisinseln. Recht haben die Vögel.« Und: »Heute sind Millionen und Abermillionen von Menschen in Bewegung geraten, durchqueren die halbe Welt, um zu uns zu kommen. Es ist menschlich unmöglich, sie zurückzuweisen. Und es geht auch nicht. Man kann sie ins Meer werfen oder in Lager sperren, aber das hält sie nicht auf. Es gibt keine andere Lösung als zu üben, zusammen zu leben.«

Einmal im Jahr besucht De Luca in zweitausendzweihundert Meter Höhe eine Zirbelkiefer,

Gewächs der Erde und des Himmels, der mit seinen Blitzen den alten Stumpf gespalten hat. Im Kreis des Baumes löst er seine Sandalen, setzt sich auf den Ast über dem Abgrund und spürt die Luft an den nackten Sohlen.

5. Die Niederlage hat einen langen Anlauf genommen. Die Revolution hingegen kam plötzlich. »Woher auf einmal diese ganze Jugend? Diese starke Welle, die sich weder aus der vorhergehenden noch aus der folgenden erklären lässt?«, fragt er später *(Il contrario di uno)*. »Als ob wir uns in der Wiege schon verabredet hätten.« Der Achtzehnjährige entdeckt ein neues Leben im Gefühl, nur da zu sein und dieses Dasein mit Händen und Füßen verteidigen zu müssen, in Straßenschlachten gegen eine Ordnung, die zwar ein Leben mit dem Unrecht, aber nicht den Aufstand einer Generation vorsieht. Seinen Körper in den Kampf werfen. Sie kennen diesen Vers von Pier Paolo Pasolini. De Luca versteht ihn wörtlich. Kein Gedanke an Martyrium. Einmal ergreift Pasolini Partei für die Polizei, gegen die Bürgersöhne. Aber er unterstützt auch Lotta Continua. »Er hilft uns, und er bespuckt uns«, schreibt De Luca. »Er hat *uns* nicht, und wir haben *ihn* nicht verdient.« Einander fremd stehen der Sechsund-

vierzigjährige und der Achtzehnjährige im Niemandsland des Kommunismus. Dieses von der Maul- und Klauenseuche befallene Wort bedeutet für Pasolini Befreiung der Vergangenheit. Für Erri aber nackte Gegenwart. Glück des Sicherkennens und Zusammenseins, Glück der Solidarität mit den Unbekannten eines Stadtviertels, einer Fabrik im Namen der Gerechtigkeit.

Das unwiderrufliche Ende dieses Glücks kann De Luca datieren: der Tag im Oktober 1980, an dem der vierzigtägige Streik bei FIAT-Mirafiori zusammenbricht. »Da allora fare l'operaio significava svolgere un mestiere, non appartenenza.« Von nun an bedeutete Arbeiter zu sein nur noch, einen Beruf auszuüben, nicht Zugehörigkeit zu einer Gemeinschaft. De Luca hatte am Tor 11 noch gesprochen. Jetzt geht er arbeiten und presst die Lippen zusammen. Bis zur Veröffentlichung von *Nicht jetzt und nicht hier* neun Jahre später.

6. Das Werk, das in diesem Schweigen gewachsen ist, erzählt vom »spreco«, von der Verschwendung einer Generation. Der von Hieronymus geprägte Begriff der Vanitas, »vanitas vanitatum et omnia vanitas« wird von De Luca mit »spreco« übersetzt, mit Vergeudung, Vergeblichkeit. »Alles

ist eitel und Haschen nach Wind« (1,14), übersetzt Martin Luther. Wind ist nicht greifbar. Aber wer einen Baum gepflanzt hat, schreibt De Luca, weiß, dass der Wind, der hindurchgeht, ein anderer wird. Blätter und Zweige füllen ihn, geben ihm Gewicht. Mit seinen Erzählungen hat De Luca dem Wind, der uns durch die Geschichte treibt, Blätter und Zweige gegeben.

7. Lieber Erri, ich möchte kurz zusammenfassen, was ich über dich gesagt habe.

Caro Erri, vorrei brevemente riassumerti quanto ho detto.

Primo. Tu sei nato, così dici, nel centro falso di un secolo e di un mare. Sei rinato nel 1968, hai lottato nelle strade e poi sotto nelle trincee dei cantieri. Sei anche scalatore.

Secondo. Ti ho conosciuto quando ho sentito leggere »il grido«. *L'educazione* dei cinque sensi è un'opera di tutta la storia del mondo, di quella naturale e di quella umana-sociale. In conflitto. Ricordo il tuo »Il peso della farfalla«: L'uomo fa il bracconiere nella natura. La morte lo fa nelle nostre viscere, tra le fibbre di noi uomini.

Terzo. La storia di Caia e il tuo amore per i libri del Vecchio Testamento. Scippare dalla bocca del leone due zampe o un pezzo di orecchio è compito dello scrittore. Come vedi ho esteso il senso della metafora.

Quarto. Il primo libro pubblicato e la tua funzione come raccoglitore di resti. Ogni volume, sempre della stessa dimensione, costituisce il passo misurato di chi sale o scende lungo la storia di una generazione verso le catastrofi di oggi. Il lager di Lampedusa e il suo contrappeso, l`incontro col cirmolo.

Quinto. Gioventù rivoluzionaria. L'incontro con un estraneo: Pasolini. Il suo comunismo è liberazione del passato; il tuo è vivere ora e qui. La sconfitta alla FIAT Mirafiori e la tua autocondanna al silenzio.

Sesto. I tuoi racconti hanno dato foglie e rami al vento.

Settimo. Grazie.

Salem, im Juni 2010

Bitte beachten Sie auch
die folgenden Seiten

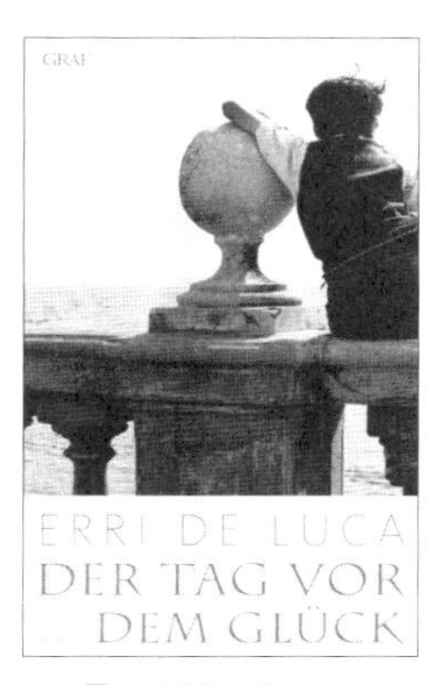

Erri De Luca

Der Tag vor dem Glück

Roman

Aus dem Italienischen von Annette Kopetzki

173 Seiten, gebunden mit Schutzumschlag, € 16,95

ISBN 978-3-86220-006-1

Mit der klaren, bildreichen Sprache des Südens erzählt Erri De Luca die Geschichte eines Waisenjungen, der im Schatten des Vesuvs erwachsen wird. Es ist zugleich eine Liebeserklärung an seine Stadt Neapel: an ihre morbide Schönheit und an ihre freiheitsliebenden, stolzen Bewohner.

»Eine ganz wunderbare, einzigartige Sprache … einfach, reduziert, sehr genau, flirrend schön, überraschend und weise.« *Denis Scheck, ARD druckfrisch*

»Ein einfaches, großes Buch.« *Gustav Seibt, Süddeutsche Zeitung*

www.graf-verlag.de

Daniela Krien

Irgendwann werden wir uns alles erzählen

Roman

236 Seiten, gebunden mit Schutzumschlag, € 18,–

ISBN 978-3-86220-019-1

Sommer 1990, ein Bauerndorf nahe der deutsch-deutschen Grenze, die gerade keine mehr ist. Das ist der Schauplatz einer Liebesgeschichte von archaischer Wucht, die Zeitgeschehen und Existenzielles auf zwingende Weise miteinander verschränkt.

»Es gibt Dinge, die können gleich erzählt werden, andere haben ihre eigene Zeit, und manche sind unsagbar.«

GRAF

www.graf-verlag.de

Nancy Mitford
Landpartie mit drei Damen
Roman
Aus dem Englischen von Matthias Fienbork
Mit einem Nachwort von Charlotte Mosley
247 Seiten, gebunden mit Schutzumschlag, € 16,99
ISBN 978-3-86220-014-6

Sie waren schön, exzentrisch und vernarrt in Hitler. Aber als Nancy sie in diesem Roman parodiert hatte, redeten ihre Schwestern kein Wort mehr mit ihr. Mit ihrem legendären Schlüsselroman erweist sich Nancy Mitford bereits in den Dreißigerjahren als glänzende Beobachterin ihrer Zeit.

Erstmals auf Deutsch.

»Dieser Roman ist wie eine tote Biene: Sein Stachel ist noch immer giftig.« *Newsweek*

www.graf-verlag.de

Kamal Ben Hameda

Sieben Frauen aus Tripolis

Roman

Aus dem Französischen von Helmut Moysich

133 Seiten, gebunden mit Schutzumschlag, € 14,99

ISBN 978-3-86220-023-8

Für den libyschen Autor Kamal Ben Hameda war das Tripolis seiner Kindheit eine Stadt der Frauen. Fasziniert lauschte der kleine Junge den Geschichten seiner Mutter und ihrer Freundinnen. Ihre Schicksale waren wie aus *Tausend und einer Nacht*: voll Tragik, Sehnsucht und Geheimnis.

GRAF

www.graf-verlag.de